# 造彩虹的人

にじをあやつるしょうねん

〔日〕东野圭吾 著
吕灵芝 译

北京出版集团公司
北京十月文艺出版社

新经典文化股份有限公司
www.readinglife.com
出　品

# 1

引擎的轰鸣声回响在暗夜中。数十盏车头灯组成一个细长的等边三角形，沿着主干线向东移动。当中没有一辆四轮车，皆为两轮摩托车，也不存在两人同乘的情况。因为这个团体的规矩就是，靠自己的力量向前冲，靠自己的力量战斗。

摩托车表面统一涂成黑色，因为他们坚信那是象征力量的颜色。不仅是车身，连他们自己也裹着黑色的衣装。那并非寻常的摩托车皮衣，而是黑色战斗服。头盔也都配成了相同的颜色。

除此之外，他们还有另一个特征——车灯的颜色。他们的车灯经过特殊加工，每一盏的颜色都有着微妙的差异。远远看着他们驶过，就像在看一群游动的锦鲤。

时隔许久后，今晚他们又来了一场破坏活动，就在他们称为R区域的地方。

刚闯入那里不久，他们就遭遇了当地的暴走族。那是一个典型的老式团体，每个人都只知道猛踩油门、狂按喇叭、大声喧哗。说到战斗，他们掌握的技能只有盲目地挥舞铁棍和链条。

黑衣团伙利用超群的车技闪过对手的原始人级别攻击，再看准时机，扔下了一枚炸弹。虽说是炸弹，其实只是他们所持的爆炸物中体形最小的。尽管如此，在爆炸的瞬间，对手还是如同在热带草原遇到雄狮的小动物般抱头鼠窜了。

黑衣团伙又在附近转了几圈，然后才回到自己的地盘。

相马功一行驶在队伍中段。他们乍一看仿佛在各自松散地骑行，但实际上，每个人都有自己固定的位置。

功一是一年前加入这个组织的。他从高中退学后便无所事事，每天一个人在马路上骑行，然后便被招纳进去了。

“我们跟普通的暴走族不一样。”将一头浓密的黑发整整齐齐梳成大背头的队长低声对他说。“那些暴走族跟中年妇女没两样，都是一群歇斯底里的家伙。竟然还有人敢说那就是青春、青春、青春。什么狗屁，真恶心！”队长往旁边啐了一口唾沫，继续说道，“我们支配着黑暗，也可以称之为管理。暗夜是我们的掌中物。所以我们才会身着黑衣，骑黑色摩托车。我们不被任何颜色晕染，我们抗拒一切强加而来的光明。”

组织的名字叫蒙面破坏神。他们质疑现代社会构造，以将其破坏作为终极目标。他们自诩为新人类，并把只为满足欲望而实施暴力的暴走族蔑称为旧人类。因此，他们目前最主要的工作就是扫清那些卑劣的旧人类。他们的主张是，先从自己这一代开始改变。

功一加入组织的一年间，蒙面破坏神有十六名同伴被检举了。可是很快又有几乎同样多的新成员补充进来。几乎所有人都是从旧人类那边投奔来的。

他们加入的动机不一而足，最多的还是因为觉得这个组织看起来很酷。或许这些人早已厌倦了传统的暴走行为，对这个乍一看甚至有点禁欲主义性质的新做法抱有一点类似憧憬的感觉。当然，也有不少人的理由非常简单，只是因为纯黑的制服看起来很帅。

可是，功一最近越来越感到有点莫名的疑惑。都说这个组织是为了破坏现代社会构造而自然形成的，可是他开始思考，那是真的吗？他总会不由自主地觉得，现在的他们依旧被某种看不见的力量控制着。

他之所以产生这种想法，是因为新人类不仅存在于他们这个地区，跟他们拥有同样立场和主张的战斗集团正在全国范围内陆续诞生。这些组织之间不存在任何联系。像蒙面破坏神这样的组织纯属偶然地在同一时期遍地开花，实在令他难以置信。退一步讲，就算他们这样的新人类是基于某种意志被创造出来的，要说这能派上什么用场，功一也说不上来。

蒙面破坏神的队伍沿着贯穿新建住宅区的主干线一路飞驰，不一会儿，队伍后方的摩托车就开始一辆接一辆地散开。这其实是新人类的特征之一。他们不存在所谓的集合与解散，只要到了某个特定时刻，就会从各处集中起来，又渐渐四散而去。

相马功一也迎来了离开队伍的时刻。他缓缓放慢速度落到后方，最终从队伍中脱离出来，一个人开上辅路转向左边。

那条路有点坡度，沿途都是某家著名不动产公司投资的住宅群，外表一模一样。功一家位于坡顶，因为他父亲非常讨厌被别人居高临下地俯视。而他本人则非常讨厌父亲。

功一在家门前下了车，没有马上走进去，而是眺望着眼前的夜景。昏暗中点缀着各种形状的灯光，可以称得上美丽。

功一的目光锁定在其中一点灯光上。他凝神眺望了一会儿，又从胸前的口袋里掏出一架小型望远镜。他心里默念着：又是那道光。

他是上周发现那道光的。那道不变的光芒混在街灯和霓虹灯，以及住家窗户里透出的灯光中。那道光并非特别明亮。只是如果细心观察，就会发现它并不稳定，颜色和闪烁的规律好像一直在变化。

功一用望远镜对准那道光。光似乎来自某座建筑的顶端。很快，那道光开始诡异地闪烁起来。功一静静地看了一会儿，放下了望远镜。

到这儿来啊——他觉得那道光在这样对他说。

怎么可能！功一折叠好望远镜放回口袋里，露出苦笑。肯定是什么新型霓虹灯吧，没必要去在意。他转身准备把摩托车推进车库，却不由自主地回了一次头。

那道光还在同样的位置。这次他不用望远镜也能看到。它又像刚才那样对他低语了——到这儿来啊，到这儿来啊。

功一跨上摩托车，再次发动引擎。

志野政史是在绞尽脑汁解决了一道数学难题后发现那道光的。那天他像往常一样，一直学习到深夜。

他现在还在念高二，但已经有了考生的意识。而且他认为，自己本来就准备考大学，并在为此而学习，会有那样的意识是理所当然的。同时，这也是双亲对他这个独生子的莫大期望。离大学入学考试还有一年九个月，他和父母都认为时间已经不多了。

政史从小的梦想就是成为一名优秀的医生，继承父亲的医院。不，其实那并不是他的梦想，而是父母的梦想，但他自己还没有发现这一点。父母非常害怕他会拥有自己的梦想，所以早早就把自身的期待植入了他的意识中。

但政史对现状并没有太大的不满。他目前的人生意义，就在于一点一点攀爬父母为他设计好的、漫长而陡峭的阶梯。这样不仅没什么压力，顺利时还能得到充实感和成就感。支撑那种快感的因素非常明显，就是自己无须做任何决定的轻松感。他时常回头眺望，陶醉于自己已经攀爬过的阶梯长度。

可是，最近他遇到了瓶颈。他感到无法长时间集中精神，成绩也迟迟没有长进，就连刚才好不容易解开的数学难题，也觉得正常状况下不应该花这么长时间。关键在于他埋头解答的时候，头脑没能很好地运转起来。

政史感觉有点烦躁，按了按太阳穴。

其实他知道原因。一切都因为他脑子里一直想着清濑由香。他拉开抽屉，取出刚上高二时全班拍的集体照。班上有二十个男生，十八个女生。清濑由香站在第三排靠近中间的位置。带着点栗色的长发自然地垂在肩膀上，鹅蛋形的脸微微向右倾斜，那应该是她拍照时的习惯动作。照片里那双大大的眼睛仿佛在凝视着政史。

她目前在教室里的座位是政史的斜前方。只要他看向黑板，就会无可避免地看到她的身影。正因为这样，他最近经常会漏掉老师写在黑板上的重点。有时候在上课时，他还会目不转睛地凝视清濑由香的后颈。

政史的母亲特别担心儿子会对女生感兴趣，因为她坚信那会直接导致学习能力下降。今年正月政史收到同班女同学的贺年卡时，母亲瞬间变了脸色，一直不停逼问："哎呀，这女生是谁啊？为什么会给你寄贺年卡呀？你们在学校关系很好吗？"母亲一直把那张贺年卡用磁铁贴在冰箱门上，直到最后终于搞清楚，那个女生给所有同班同学都寄了同样的卡片。

其实不用母亲提醒，政史也知道现在不是对女生着迷的时候。这可不行，得尽快忘掉她。必须摒除所有杂念，专心致志地学习。

可是，无论他如何忍耐，清濑由香的脸都会不受控制地浮现在心中。尤其是最近，他开始对性感到好奇，这与他对清濑由香的感情产生了相乘效果，让他在控制性欲上也花了不少力气。他经常幻想着由香自慰，而且频率在一点一点变高，因此产生的自我厌恶情绪已经把他的精神逼到了崩溃边缘。就像现在，他才刚把照片放回抽屉，就发现自己的右手已经伸到了两腿之间。他感到强烈的罪恶感，因为今天他已经自慰过了。

政史站起来打开窗户。尽管已经到了五月，夜风还是有点清冷。他觉得吹一会儿夜风应该能让脑子清醒一些。就在那时，他发现了那道光。在对面的两座住宅之间，射过来一道奇怪的光线。发现那道光的瞬间，他感到心跳似乎停跳了一拍。他眯起眼睛仔细看了一会儿，发出光线的源头似乎比他想象的要远。

那是什么光啊？他想。颜色一直在变化，闪烁的规律也一会儿一个样。政史不由得想，那道光好像在对他说话。他站在窗边，凝视着那道光。光消失时，他看了一眼时钟。正好凌晨三点，距离刚才已经过了三十多分钟。他关上窗，重新回到桌边，心里有种不可思议的爽快感。他觉得自己终于能埋头苦学了，于是马上埋首于英文解读，一刻不停地学到了五点。他已经很久没能如此集中精力了。

第二天夜里，他把窗帘拉开后才坐到桌边，每次学累了就停下来看看窗外，心里期待着，今晚能不能看到那道光呢？然后，那道光就出现了。时间正好是凌晨两点。那道光在跟之前一样的位置，重复着同样的闪烁。政史把椅子移到窗边，呆呆地看了一个小时。随后，他又像前一天一样感到神清气爽，仿佛全身充满了力量。

后来，凌晨两点到三点凝视那道神秘的光线就成了他每天的必修课。这件事他并没有告诉父母。他并没有干坏事的意识，却下意识地认为这件事不能跟别人说。父母似乎也没有产生任何怀疑。相反，政史还听到他们说："最近那孩子的眼神都变了。看来总算是有点自觉了啊。""那当然啦，离入学考试只有不到两年了。"事实上，他也感到自己内心深处产生了一些微妙的变化。曾经让他烦恼不已的事情，在发现那道光后，似乎变得不再重要了。而且，他还觉得自己变得更积极了。发现那道光的十天后，他终于对清濑由香说话了。尽管只是微不足道的闲聊，但他获得的充实感却比解开任何数学难题都要强烈。

于是他开始漫不经心地想，说不定那道光拥有改变人心的力量。理所当然地，他的好奇心也指向了光源的真面目。那道光到底是谁为了什么而制造的呢？那道光为什么会拥有如此不可思议的力量？

终于在某天晚上，政史为解开疑问做出了行动。而诱发了如此行动力的，或许还是那道光的力量。

等不到凌晨两点，小冢辉美就静悄悄地走上了阳台。她把父亲的双筒望远镜举到眼前，但时间似乎还太早，她并没有找到想要的东西。

"真准时啊。"辉美不由自主地低声道。今晚已经是第四个晚上了，那道光只会在凌晨两点准时出现。

发现那道光纯属偶然。那天晚上，她从起居室悄悄走到阳台，准备跳下去。这里是五楼，底下是在沥青地面上画了线的停车场。如果从这里跳下去，说不定还没来得及感觉到痛就能死了。

那天傍晚，母亲和祖母大吵了一架。她们吵架的原因是非常琐碎的小事。只是两个人的冷战状态已经到达极限，双方都在瞅准时机让怒火爆发罢了。

一个姑妈告诉辉美，在如今读初一的她出生前，那两人的关系就这样了。当时小冢家住在祖父那一代的房子里，辉美的母亲自从嫁过来就一直跟公公婆婆住在一起。辉美的祖母是那种无论什么事都要按照老规矩来，否则就浑身不舒服的人，因此经常会与喜欢用合理方法做事的母亲发生冲突。

后来，辉美的父亲买了现在住的公寓，开始了一家三口的小生活，可惜好景不长。祖父去世后，父亲不得不把祖母接到家里来住。母亲自然是反对的，但父亲还是不管不顾地把祖母接了过来。辉美并不知道具体情况如何，但似乎是因为父亲不想放弃把祖父的房子卖掉来偿还公寓贷款的机会。

祖母搬过来时，辉美在上小学四年级。她至今还记得，当时母亲站在门背后，表情阴郁地看着那些陈旧的什物被一件一件地搬到家里来。母亲还自言自语：这么小的房子，怎么跟婆婆一起住！3LDK[①] 怎么容得下这么多人？老东西一定会长命百岁的。啊，真讨厌，光考虑今晚做什么菜就开始头痛了。都怪她爸。不如出去上班吧，不过肯定会被说闲话。她怎么不早点死了算了。

辉美走到外面，合起小小的双手对太阳祈祷。请保佑妈妈和奶奶不要吵架。请保佑她们和和美美地生活下去。

可是小辉美的愿望并没能实现。搬过来的那天晚上，祖母就为晚饭的调味发起了牢骚，两人因此大吵了一架。祖母制造出巨大的动静猛地站起来，回到了从那天开始就属于她的房间。她走的时候还把餐桌上的饭碗撞翻在地。碗裂成两半，米饭也撒了一地。那幅光景仿佛在暗示着自己的家，在辉美心中成了一段灰暗的过去。在

---

①“LDK”是指客厅（living room）、餐厅（dining room）和厨房（kitchen）所构成的一体空间；“3”指居室数。3 间居室加上 LDK 的户型称为“3LDK”。

此期间，父亲一直低着头，默默地嚼饭。

从那以后，母亲和祖母就过上了住在同一屋檐下却无视彼此的生活。两人绝不跟对方说话，实在需要传达什么事情，就通过父亲或是辉美转达。有时候两个人明明都在现场，却还是会让辉美扮演类似翻译的角色。

她无数次哭着说："你们都别这样了好吗？"每逢那种时候，两人脸上都会闪过一丝尴尬，却从来不会做出让步。父亲似乎已经放弃了挣扎，仿佛为了逃避家中充斥的险恶气氛，下班的时间越来越晚了。

在几天前，炸弹终于被引爆了。辉美长这么大连成年男性打架的场面都没见过，因此母亲和祖母在眼前打作一团的情景对她来说恍若噩梦。两人惊悚的形象让她觉得这根本不是自己的亲人。

那天夜里，母亲愤然离家，祖母则把自己关在房间里，像着了魔一样不断念经。晚归的父亲看到一室狼藉，似乎马上明白发生了什么事，却没有做出任何反应，而是把威士忌酒瓶和酒杯往餐桌上一摆，就着鱿鱼丝喝了起来。

辉美躺在床上根本睡不着，眼泪就是停不下来。好想死——她脑子里突然冒出这么一个想法。这主意似乎不错。如果她死了，大家说不定会开始反省。

于是，辉美浑浑噩噩地走到了阳台上。死并不可怕。她甚至幻想了自己的死讯登上报纸。家庭不和绝望自杀——最好打出这样的大标题。

就在她抓住阳台扶手时，余光忽然瞥到了一个光点。她转过头去。那道光又闪烁了一下。啪，啪，啪嚓。就像这种感觉。那是种神奇而温柔的节奏。远处射来的那道光仿佛只为了她而闪烁。啪，啪，啪嚓。打起精神来。不能输。凝视着那道光，辉美莫名地冷静下来，原本几乎要耗尽的气力又源源不断地涌了出来。就这样死掉太没意思了，她开始改变想法。

后来,她又接连两天倾听了那道光的呼唤。可是那道光实在太远，无法看出细微的变化。于是，她今晚特意准备了双筒望远镜。

到了凌晨两点，那道光又像平时那样对她发出了低语。辉美调好望远镜的焦距凝视着。肉眼无法分辨的无数色彩变幻和细致复杂的闪烁规律都变得清晰起来。

很快，她感到了那道光的呼唤：到这儿来呀。快来呀。

“下个月开始改成周四吧。”

木津玲子正在套丝袜，听到躺在床上的男人开口说道。

玲子转过头。“周五不方便吗？”

“嗯，各种事情。”

“原来那位‘老师’不方便啊。”

“少说废话。”男人伸手拿起放在枕边的包，抽出一个信封，扔到玲子屁股旁边，“这个月的。”

“谢谢。”玲子拿起信封。指尖传来一定厚度的触感。她认为这是个不错的兼职，而且还能在一般穷学生根本不敢涉足的店里享用晚餐。

玲子对这个男人几乎一无所知，只知道对方是能够包养年轻女孩子的有钱人。那人自称相津，但绝不可能是真名。他经常从酒店房间往外面打电话，玲子有好几次听到“老师”这个字眼。当然，玲子从未跟他打听过那个“老师”。

“那我先回去了。”她整理好身上的衣物，转向男人说。

"嗯。"男人点了点头。

她打开套房门，来到走廊上。在房门关闭的前一刻，她听到男人拿起了电话听筒。一定又在给那个"老师"打电话吧。

离开酒店后，她一点都不想回家，便在经常光顾的店里喝了两杯，最后才拦了一辆出租车回去。她一个人喝酒时，有三个男人先后跟她搭讪，都被她三言两语打发走了。凌晨两点十分，她走进自己的公寓。她没有马上开灯，而是拉开了窗帘。玲子的房间位于五楼，公寓又建在高地上，所以能够俯瞰很大一片街景。每次跟那男人幽会回来，她都会习惯性地看看这里的夜景，因为她觉得这样能找回自己。

抽完一根烟时，她发现了那道光。

玲子眯起双眼。那道光明显跟普通的霓虹灯光不一样。不仅颜色相差甚远，闪烁的方式也截然不同。那道光看起来像是从某座建筑，应该是学校教学楼顶上发出的。

凝视着那道光，玲子渐渐感到心情激动了起来。她自己也不明白，那种光线到底有什么魅力。可是这种激动她曾经体会过。究竟是什么呢？那究竟是什么呢？

对了，是那个时候！片刻思索之后，她想起来了。当时她还在念高一，有生以来头一次去看摇滚演唱会，就体会过这种感觉。那已经是两年前的事情了。

当时的感动似乎要伴随着怀念在她的心中复苏。可是她摇着头，压抑了那种感觉。别傻了。我这是怎么回事？那只是一道光而已。

玲子拉起了窗帘。

## 2

出生在白河家的男婴，除去成为他名字由来的那件奇事，直到三岁以前，都平凡而健康地成长着。

至于那件奇事，其实也没有任何人能证明它真正发生过。反正几乎没有人相信。毕竟目睹了那件事的人，只有婴儿的父亲——白河高行一个人罢了。

高行就职于某家制药公司，是负责设计生产工程的技术人员。婴儿出生时，他还在工厂里。接到医院打到工厂的电话后，他才知道自己有了个儿子。当时他一手拿着听筒，另一只手握拳做了个胜利的姿势，隐约猜到电话内容的同事们都为他鼓起了掌。

他结束加班赶往医院。筋疲力尽的优美子和她的母亲待在病房里，给他打电话的就是他的岳母。打听到婴儿被送进了新生儿看护室，高行匆匆问候了优美子，随后便离开了病房。

新生儿看护室能够透过走廊的玻璃窗看到。里面躺着五个婴儿，身边都放着写有母亲姓名的牌子。高行正准备寻找“白河优美子”的名牌，就在此时，难以置信的事情发生了。

其中一个婴儿似乎瞬间发出了光芒。那道光的颜色难以言喻，硬要说的话，应该更接近白色。光芒包裹了第三个婴儿。高行揉了揉眼睛，再定睛一看，光芒已经消失了。这回他看到婴儿旁边放着印有优美子姓名的牌子，便确信自己刚才只是错觉罢了。他认真审视婴儿的面孔。长得真像优美子。

回到病房后，高行对优美子和岳母提到了那道光的事情。优美子躺在病床上笑了起来。“这么快就宠上孩子了呀。”岳母也笑了。

“可我当时还不知道那孩子是我们的啊。”高行一脸认真地辩驳道。

“那干脆给孩子取名叫光好了。”优美子提议。

“什么啊，太随便了。”高行苦笑着回答，心里却认为光这个字确实挺不错。

三天后，他想好了儿子的名字。就叫光瑠。念作 MITSURU。

“这跟光没什么区别嘛，”优美子说完，还是点了点头，“不过这个名字真不错。”

这是那年初夏的事情。

后来，白河夫妇过上了前所未有的幸福日子。头一次养育孩子，自然会有许多犹豫和疑惑，但高行和优美子都没有把那当成负担。

时间如同白驹过隙，光瑠三岁了。

那年夏天的某日，高行下班回来，发现优美子心情大好地站在玄关，手上还拿着一张画纸。

“快看这个，是光瑠画的。我吃了一惊呢。”

“哦，画了什么？”他还没来得及脱掉第二只鞋，就接过了画纸。上面用蜡笔画了一个红色长方形的东西。蜡笔是高行几天前买回来的。

“这是什么，红砖吗？”高行苦笑着问。他之所以会笑，是因为三岁小孩儿顶多也就画画这样的东西，但作为母亲还是会高兴得不得了。

“你看不出来吗？我可是一眼就看出来了。是靠颜色看出来的。”

“颜色？”高行仔细审视画纸。上面的方形物体似乎并不是用红色蜡笔涂抹的，而是由好几种颜色重叠而成。“你这么一说，我好像在什么地方见过这种颜色。”

“对吧，对吧。”优美子露出高兴的表情，“那么，这到底是什么颜色呢，爸爸知道吗？”

高行拿着画来到走廊。他打开走廊尽头的门，眼前是个紧凑而精致的LDK小家。他坐到餐桌旁的椅子上，一边扯开领带，一边观察四周。当他的目光扫过厨房时，答案自然而然地浮现出来了。

“是冰箱吗？”

“猜对啦。”优美子高兴地拍了一下手，“你看，是不是很厉害？”

“唔……”高行沉吟道。他们家的冰箱颜色与画纸上的一模一样，仿佛是制作冰箱的色样板一样。调和出如此一致的颜色，这对大人来说都是一项艰巨的工作。

“不过，为什么是冰箱呢？”

“他说因为冰箱的颜色最好看呢。那孩子画完后，我马上看了一眼他的蜡笔。那里面的八种颜色都被用过了。你能明白吗？今天是他第一次用那盒蜡笔，为了复制出冰箱的颜色，他把八种颜色全都用上了呢。”优美子兴奋地说。

高行又把画和冰箱对比了一遍。无论怎么看，都是同一种颜色。“太厉害了。”

“是吧？”

“光瑠在哪里？”

“隔壁房间。”

高行拉开纸门，瞅了一眼隔壁的和室，看到了穿着水蓝色运动衫的光瑠的小小背影。光瑠蹲在和室中央，正忙着往新的画纸上画着什么。

“你在画什么啊？”高行在他背后问了一句。

光瑠转过头对他笑了笑，重新转向画纸。与其说是画画，他的样子看起来更像用蜡笔在画纸上涂抹。他不断拿出不同颜色的蜡笔，按到画纸上转着圈涂抹着。

高行走到他身边坐下，想看看那张画纸上究竟会出现什么东西。纸面被某种朦胧的绿色、有点接近草色的颜色占据了。高行抬起头四处张望，很快便找到了。原来是墙壁的颜色。这间和室的墙壁颜色与光瑠涂在纸上的颜色没有一丝差别。

高行把优美子叫了进来。优美子也很快发现了儿子正在画什么。“真厉害！哇，原来墙壁的颜色是由这么多种颜色混合而成的啊。”她拿起光瑠用过的蜡笔，满怀感慨地说。

“可是这也太奇怪了。”高行说。

“怎么奇怪了？”

“说到画画，一般都是画图形吧。我从来没听说过对形状不感兴趣、只涂颜色的例子。还是说，偶尔也会有这样的小孩儿呢？”

“我也不知道，但这样也没什么啊。如果只跟别的孩子做一样的事情，那就太没意思了。”优美子满足地看着光瑠。光瑠似乎根本没注意到父母的对话，依旧用小手抓着蜡笔在纸上涂抹。

后来，光瑠也一直专注于画画。虽然他还有很多别的玩具，但自从拿到蜡笔后，他就再也没关注过那些东西。蜡笔很快就越磨越短无法使用，高行不得不又买了一盒新的回来。

而光瑠喜欢画的，还是像床单、窗帘、枕头这类一般小孩子不会画的东西。这些东西全都有着鲜艳的色彩，他似乎只对那些色彩感兴趣。小光瑠会把那些色彩全都完美地重现在画纸上。最惊人的是，有一次他画了客厅的地毯，高行根本没看到地毯上放着那张画纸，一脚就踩上去了。

“这孩子是个天才。”有一次，优美子兴奋地说。“他是绘画天才。我看了别家孩子的画，他们都只会用随手抓到的颜色，根本不会像光瑠这样把颜色混合起来，更别说画出跟实物一模一样的颜色了。”她摇了摇头，“不如我们去申请参加电视上的幼儿节目吧。”

“不过这能称得上绘画的才能吗？”高行看着儿子的画，不太确定地说。

“这也是一种绘画才能啊。比如弹钢琴，能够准确分辨各种音符不是很重要的能力吗？我觉得这就跟音感一样。老公，我们一定要让光瑠走上艺术之路。那肯定会让很多人震惊的。”

就跟很多过分夸大孩子的才能因而抱有梦想的家长一样，优美子也自顾自地做起了白日梦。而高行虽然对儿子的色感惊叹不已，却也只是认为自己的孩子能有这种让父母做白日梦的资本也挺不错的。

除去这一特殊才能，光瑠乍一看只是个老实乖巧的普通孩子。最让高行担心的是，他似乎很少说话，家里经常会出现两三天都听不到光瑠声音的情形。其实光瑠能听懂比较复杂的话语，必要时甚至能自己说出来，因此证明了这孩子的语言能力其实是很优秀的。可他就是不怎么爱说话。这让高行不由得担心，他是不是有自闭症的征兆。

在光瑠进入幼儿园后，他的这一担心被打消了。光瑠似乎跟别的孩子相处得很愉快。他还听优美子说，其他孩子的妈妈也对光瑠赞赏有加。

“光瑠在幼儿园里爱说话吗？”有一天高行问道。

“老师说他不怎么说话。不过只要问问题，他都会回答，似乎没有任何异常。”

“唔。罢了，毕竟男孩子太爱说话也不好。”

“老师还说也不需要经常对光瑠说话。”

“为什么？”

“不是有句话叫‘闻一以知十’嘛。据说光瑠只要听上一句，就好像理解了老师的意思，把老师还没说出来的要求全都做到了。”

“那肯定是老师的客套话。”

“真的吗？其实我也经常有那种感觉。不过要是说给你听，你肯定又要说这是父母的偏爱了。”

“确实是父母的偏爱啊。”高行笑着断言道。

但是，他自己也并非没有优美子所说的那种感觉。曾经发生过这样一件事。某个星期天，光瑠在客厅的茶几上铺开画纸，像平常一样画着画。当时高行看了一眼时钟，发现差不多是客人到达的时间了。那天他准备在家中招待客人。“光瑠。”他叫了一声儿子。光瑠抬起头看向他。到别的房间去画吧，爸爸有客人要来了——高行正打算这样说，可是没待他开口，光瑠就开始收拾画纸和画具，不一会儿就走进了旁边的房间。高行心想，光瑠一定是知道家里要来客人，才会迅速做出了反应。可是后来听优美子说，光瑠根本不知道这一情况。这件事只能认定为，是光瑠用第六感察觉了父亲将要说的话。

到了光瑠上小学时，他那惊人的天分越来越显著了。

“莫非只有我家孩子看起来很特别吗？到底是像谁呢？”从小学入学仪式归来后，优美子兴高采烈地说。原来仪式结束后，光瑠的班主任把她叫住了，问她是不是在家里对光瑠进行了什么特殊教育。

为什么老师会这么问呢？原来在入学前的智能测试中，光瑠的成绩比其他新生要高出许多。优美子说他们并没有进行什么特殊教育，那位老师便毫无奉承之意，只是低声喃喃了一句：“莫非是天生智商过人吗？”

“那孩子确实很不同，认字认得特别快，还有物品的名称，只要教过一次就绝对不会忘记。我也觉得他跟别的孩子比起来应该算是聪明的，可是这种事情说太多又要被你笑话，所以都没告诉你。不过现在我总算确定了。光瑠跟其他孩子比起来，大脑的构造有点不一样哦。啊，真是太好了！要是反过来，我肯定要伤心死了。可是为什么呢，为什么只有我们家孩子这么特殊呢？”那一整天，优美子都像中了彩票一样心情大好。不，那就是中了彩票的心情。

后来优美子回娘家参加法事时，对母亲说了这件事。优美子的兄长夫妇跟她母亲住在一起，还有个上初中的儿子。因为担心一味炫耀光瑠会让兄长他们心里不舒服，优美子还专门等到他们不在的时候才跟母亲说。

母亲半是感慨半是震惊地听完，随后想了想。“那有可能是爸爸的遗传啊。”

“爸爸？你是说我爸爸？”优美子问。她的父亲三年前患癌症去世了。

“不，是你爸爸的爸爸，也就是你爷爷。”

“爷爷也跟光瑠一样吗？”

“我也只是听你爸爸说的。据说你爷爷小时候被誉为神童呢。他学什么都很快，明明只是小学毕业，却能解开特别复杂的数学难题，大家都很惊讶。”

“哇，我爷爷原来这么厉害啊。”

“那爷爷长大后是做什么的呢？”高行问。

“据说是染色的工匠。”

“染色？原来爷爷的色感也很强啊。”

“不知道。不过你说的应该没错。”

高行与优美子互看一眼。他们都认为那绝对没有错。光瑠一定继承了优美子的祖父，也就是他外曾祖父的基因。

不过，连优美子的母亲也对那个人不甚了解，只说曾经听丈夫提到过。

“他当工匠的时候有没有留下什么有趣的事情？比如做了一件非常了不得的工作。”优美子满怀期待地问道。可是她的母亲也不甚了然。

“听说他很年轻就去世了。”

“啊，真的吗？”

“所以你爸爸好像也对他没什么印象了。你爸爸也是后来才听别人说，自己的父亲是个头脑非常聪明的人。”

“唔，原来是这样。”优美子略显消沉地说。考虑到光瑠的基因根源，那确实不是什么让人高兴的事情。

随着学生生活的持续，光瑠的智商比其他孩子都要高的事实越来越明显。尤其让人感到惊讶的是他的记忆力和计算能力。教科书的内容只要翻上一遍就能大致记下来，一些让大人也想借助计算器进行的运算，他却能用心算得出正确答案。

理所当然地，他拿回家的试卷上全都画满了红色的圈[①]。每逢这时候，优美子都会控制不住音量地向高行汇报。光瑠上的小学有很多学生早早开始到私塾补课，为的是将来能考上好的私立中学，高行听优美子说，那些学生到头来还是比不过光瑠。

白河家的光瑠是个天才——这样的话渐渐在周围传开。当然，其中并不只有善意的传闻，也混杂着出于忌妒而编造的谣言，例如光瑠经常偷偷到高等私塾补课、光瑠父母散尽家财请了足足三位家庭教师等。每当那种谣言传入耳中，高行和优美子都只能苦笑。因为在光瑠升上小学前不久，他们刚在郊外买了一栋独门独院的房子，因此根本没有余裕在孩子身上花费超过别家小孩的教育费用。

尽管二人几乎从未因为那些谣言而苦恼过，但在光瑠上到小学三年级时，班主任的突然造访却让他们很是烦恼了一回。

“我希望所有学生都能统一步调。”那个身材瘦削、脸色苍白的男老师在白河家客厅里开门见山地说。

“您说的统一步调是指什么？”正好在家的高行问道。优美子则一脸冷漠地看着班主任。光瑠被他们叫到自己房间里待着。

“我的意思是，在学校里让所有学生保持协调，共同进步。”老师的语气让他们很不舒服。

“光瑠给大家添麻烦了吗？”优美子尖声问道。

“不，也不能称之为添麻烦……”

班主任支支吾吾地告诉他们，光瑠在上课时表现出百无聊赖的样子，让他感到很为难。光瑠不仅不做笔记，还会呆呆地望着窗外，或观察周围同学们的动作。可是他并没有与别人交头接耳，每次被

---

①在日本，批改试卷是在正确答案处画圈。

提问都会好好回答，而且答案都是正确的，因此也不好告诫他。只是班上有这么一个人存在，周围的孩子们无论如何都会受到影响。如今整个班级都荡漾着一种气氛，认为上课认真抄写笔记、认真听老师讲课是丢脸愚蠢的事情。

“所以能否麻烦二位告诉白河，让他上课好好听讲、认真记笔记、不要东张西望……”老师向白河夫妇投来恳切的目光。

“可光瑠并没有不认真听讲不是吗？因为他能回答问题。”高行反驳道。

“话虽这么说，但那并不意味着以后也能继续这样。现在越来越多的学生开始模仿白河的听课态度了，但那些学生自然不会像白河那样能正确回答出问题。”原本语气犹豫的老师似乎下定了决心，深吸一口气继续说道，“请二位理解，我们不能只给白河特殊待遇。总之，还请两位家长劝劝他，让他跟其他同学一样听课。麻烦你们了。”说完，老师微微低下了头。

高行无奈，只得答应老师，会告诉光瑠不要妨碍别的同学上课。

“这真是太不合理了！”老师离开后，优美子不满地说，“每个孩子都是不一样的啊。只要尊重每个人的个性不就好了？想把所有人都塞到一样的框框里，这种想法绝对有问题。尤其是光瑠，我可不希望他们把他当成一般小孩子对待。”

彼时，优美子已经对自己的儿子是个天才深信不疑了。

不仅是这个老师，后来带过光瑠的所有班主任，几乎无一例外都不太喜欢他。其中甚至还有直接劝他转学的人。那是光瑠念初一时的班主任。

“我觉得我们学校的水平对白河来说是不是不太足够呢。连我上课的时候，他都是一副百无聊赖的样子。既然如此，不如干脆把他转到好的私立学校去吧。那里的考试虽然很难，但他应该没问题的。您的儿子一定能经得起那种挑战。”开家长面谈会的时候，那个满脸狡诈的秃头中年教师用黏糊糊的语气这样对优美子说。若光瑠是谁都治不了的不良少年，那还可以理解，只是因为实在太优秀，竟然被劝转学，这种事她真是听都没听说过。优美子后来气愤地对丈夫说。

本来优美子也想让光瑠去上比较出名的私立初中，高行却反对，说没必要让孩子每天特地搭电车去上学。于是他们让光瑠在当地的公立初中就读。那所初中也算是公立学校里比较有名的了。

几天后，他们总算明白了班主任为何要说那种话。光瑠朋友的母亲告诉他们，那个老师刚接手光瑠的班级就因光瑠而丢了人。

其实光瑠也没故意做什么事情，他只是跟平时一样在听课罢了。可是教社会课的班主任却突然指着他大发雷霆，怒吼道：“我当了二十年老师，头一次见到像你这种第一堂课就公然打瞌睡的学生！”

“我没有打瞌睡。”光瑠回答。

“少骗人。我刚才明明看到你睡了！”老师歇斯底里地吼道。

光瑠平静地回答道：“我只是闭着眼睛。难道不能闭着眼睛听课吗？”

其他学生都因为他的话忍不住笑起来。他们觉得光瑠在戏弄老师，想必还会想，这才第一天上课，胆子真是够大的。

当然，光瑠没有半点戏弄老师的想法，但是其他学生和老师都不这么想。老师认为自己被愚弄，气得脸红到了脖子根。“很好，既然如此，你把我刚才说的话重复一遍吧。如果你没睡觉，应该能说出来。旁边的人不准提示。”

后来光瑠对高行夫妇说，他当时看着气势汹汹喷着唾沫的老师，完全不明白老师为何要这么生气。就算他当时真的睡着了，难道上课睡觉真的是如此恶劣的行径吗？他无论如何都无法理解。不管怎么说，当时光瑠确实没睡觉。因此对他来说，执行老师的命令完全是轻而易举。他把老师刚才说过的话一字不差地复述了一遍，随后对老师说："老师您刚刚说，美国地理学会在一九八八年改用罗宾森投影法之前，一直都在使用墨卡托投影法，您应该是把那个跟范德尔格林特投影法弄混了吧。"

班主任脸上闪过茫然的表情，最后无言以对，慌忙翻起了资料。

"啊，没错。是范德尔格林特。嗯，呃……的确是这样。"他抬手抹了一把额头沁出的油汗，呆呆地站在讲台上，直到光瑠对他说："老师，我能坐下了吗？"其他学生一直在低声窃笑，老师心里产生了不祥的预感，这下要恢复教师的威信估计很难了。

这种例子实在数不胜数。有很多老师都在光瑠面前丢过脸。特别是理科的老师，好多次都被逼得冷汗直冒。他们早已对更高级别的自然科学没有了关心，只把机械地解说教科书内容和传授高中入学考试应试技巧当成了教育的全部。有个理科老师在讲完欧姆法则后，被光瑠用关于过渡现象论的问题问得当场愣住。"等我回去仔细查查,下次再回答你。"他最后留下这句话逃出了教室。只是那个"下次"却迟迟没有到来。光瑠后来还到老师办公室去催促，他又用理科教师事务繁忙的借口逃避了。实在没办法，光瑠只好买了过渡现象论的书，自己解开了疑问。

没过多久，包括校长在内的所有老师都把光瑠当成了麻烦精。最后，他们便将"所有学生都不能超出框框之外"的校规置于优先地位，尽管光瑠其实是该校创立以来成绩最优秀的学生。

在光瑠读小学的时候，有少数教师会有意避开他。白河夫妇认为这是身为天才自然会背负的宿命，再加上一定的优越感，因此并没有在意这种状况。但是，待光瑠升上初中高年级后，他们开始在各方面表现出了担忧。特别让他们担心的是高中升学问题，如果学校不喜欢光瑠，或许在推荐信上也不会写什么好话。

然而光瑠似乎对那些事毫不在意，一直都保持着自己的步调。他特别引人注目的是旺盛的求知欲，几乎每天都要读完一本书，而且还不是小说或参考书之类。能够满足他读书欲望的，只有各种领域的专业书籍。

一开始是摆在高行书架上、连高行自己都没碰过的书被陆陆续续拿到了光瑠的房间。等那些书都读完后，光瑠开始到图书馆借书了。《现代日本政治变动》《民族政治学》《教育基本法读本》《美国海军全貌》《超个人心理学》《宗教论》《核武器的总体研究》《集成电路技术》《哥德尔不完备性定理》——覆盖了各种领域的书被他借回家中如饥似渴地阅读，其中根本不存在任何规律性。总之只要是密密麻麻排满了字、能够获得新知识的书，都能成为光瑠的阅读对象。

在积累了一定程度的知识后，光瑠便不再单纯地吸收，而是将那些知识按照自己的方式加以消化，再作为自身的信息向外发送出去。对他来说，最近的信息发送对象就是双亲，尤其是母亲优美子。

“组成人格的基础可以想定为五个因素，一般认为，这五个因素是终生都不会改变的，可是一旦其中发生了变动，你认为会是什么原因造成的？”这是光瑠在初中三年级的秋天，对正在厨房准备晚饭的优美子发出的提问。

优美子一点都不明白儿子在说什么，不得不又问了一遍。光瑠重复了问题。可是对优美子来说，他说的话还是如同陌生的外语，不具有任何可理解的意义。“对不起，”她说，“妈妈现在有点忙。”

光瑠点点头，回到了自己的房间。

可是，他并没有就此放弃信息的发送。倒不如说，从那以后变得更积极了。他总是会像这样毫无征兆地对母亲说：“编程用的计算机语言存在很多种类，那么，你觉得人类普遍认为简单的语言存在什么特色？”“你不觉得攻击性和对知识的探索精神都来源于对外界的支配心理吗？”然而遗憾的是，面对儿子的这些提问，优美子一个都答不上来。当然，要立刻回答那样的内容其实对谁来说都不太可能，但她的自尊心还是多多少少受到了打击，因而陷入了烦恼。

“最近我总觉得，自己是不是越来越蠢了。”某天晚上，优美子躺在床上疲惫地说。高行正就着床头灯的光芒，阅读光瑠不感兴趣的娱乐小说文库本。

“你在说什么傻话呢。”他看着小说苦笑道。

“真的，我今天又被那孩子提问了。他说，妈妈，如果将来能够制造出与人类毫无差别的机器人，那么，这两种存在从符号学意义上来说……”说到这里，她摇了摇头，“后面我记不太清楚了，反正是很难的问题，是我长这么大从来都没思考过的东西。”

“你能记住这么多已经很了不起了。要是换成我，估计听都听不全。”

“你用心听我说啊。你知道我后来怎么做的吗？如果总是敷衍地笑笑，连我自己都吃不消。于是我就反问光瑠，你觉得呢？”

“这个主意很不错啊。”

“结果真是太失败了。那孩子开始两眼放光地说起了自己的想法，整整讲了半个多小时。当时我正准备做饭呢，只能拿着切生鱼片的刀愣愣地站着听他说话。啊，不能说听他说话，因为我一句话都没听懂。我只是呆呆地看着那孩子一开一合的嘴巴而已。而且是我主动问光瑠怎么想的，还不能像以前那样随便敷衍过去……还好他讲到一半电话响了，不然我还真不知道该怎么办。”

“你也别想太多了，我也经常被光瑠提问，还不是一次都回答不上来。”

“哪里是经常啊，你只是偶尔罢了。因为你总是在光瑠睡着后才回家，好像在刻意避开他似的。”

“喂喂，别乱说。”高行正色道。但他确实被戳中了痛处。尽管最近这段时间公司确实很忙，但也没有忙到连续好几天都要加班到深夜的地步。事实正如优美子所说，他一想到光瑠有可能会对他发动难题进攻，就会不由自主地拖延下班时间。

“那孩子一定觉得我是个笨妈妈吧。”优美子有点自暴自弃地说，“什么都不懂，连儿子的话都听不明白的无知母亲。”

“怎么可能！是你想太多了。”

她还是摇了摇头。“你根本不知道那孩子是怎么看我的。如果只是轻视还好，毕竟那样的母子关系随处可见。我自己以前也挺轻视父母的。可是那孩子看我的眼神可不是那样。他的眼神好像在同情我，好像在说，你什么都不知道，脑子里空空如也，真是太可怜了。”优美子似乎陷入了轻微的歇斯底里。她把毛毯拉到头上，紧紧缩成一团。

光瑠是个特别的孩子，这个时候说这种话并没有什么意义。特别是优美子，强烈的自尊心成了她的炼狱。高行可以想象，她在过去的人生中，从来没有因为任何人产生过如此自卑的情绪。而且对方还是正在读初中的亲儿子。本来对这个年龄的孩子来说，父母还是无所不能的啊。

尽管高行也不得不承认，在学问上自己难以与光瑠匹敌，但他心中更多的则是不安。乍一看没有任何异常的少年，却像吸尘器一样疯狂吸收着连大人都难以掌握的大量知识，仿佛预示着将有反常的事情发生。光瑠坐在客厅沙发上捧着一本复杂的书自言自语的身影，让他感到难以靠近。每当看到儿子这样，他心里的不安就会愈发强烈。

光瑠对父母的难题攻击到初三那年戛然而止。看来他总算意识到，自己的双亲只是再平凡不过的普通人而已。并且，他似乎也不会在课堂上让老师无言以对了。他依旧是老师的眼中钉，但他的存在明显能提高学校的声望，也便不再有人像以前那样劝他转学。

让高行夫妇感到不可思议的是，光瑠能够像普通初中生那样跟同学来往。他在班上似乎还挺受欢迎，每年都被选为班委。在会议室讨论事情时，他是最擅长总结大家意见的。光瑠甚至能看出不发表意见之人的想法，最终得出让所有人都能接受的结论。

“他很擅长察言观色，只要发现谁有不满，马上就会问：你有什么想说的吗？”到光瑠家玩的同学曾经对高行这样说。

光瑠在学校加入了自行车部并担任部长，发挥着自己的统率能力。他每月都会组织一两次远途骑行，得益于他的丰富知识和准确应对，高行从未听说过他们的活动发生什么问题。

“你跟班上的朋友和自行车部的伙伴都聊些什么话题啊？”高行曾经问过光瑠一次。

“聊各种话题啊。比如电视节目，还有音乐之类的。”光瑠回答。

“不聊符号学的话题吗？还有宗教啊，超心理学和宇宙论等等。”这些都是高行不止一次被儿子问到的主题。

“我不会跟他们聊那种事。”光瑠笑着否定道。

“为什么？”

“因为他们只度过了跟我一样长的人生啊。怎么会比我更快寻觅到真理呢？”他的回答简洁明快。

尽管高行对“真理”这个词感到有点毛骨悚然，还是假装恍然大悟地点了点头。

另一方面，光瑠的色彩认知能力也愈发出色了。他三岁时表现出的这种不可思议的能力，似乎随着年龄增长变得越来越敏锐。他上小学三年级时，就已经无论什么颜色，只消看上一眼便能回答出是由什么颜色混合而成的了。

曾经有过这么一件事。优美子很擅长编织，经常使用机器编织一些小东西。那天她用略带一点朱红的红色毛线编织毛衣，光瑠刚好走了过来，从好几团毛线球中拿起一个。

“妈妈，为什么这个颜色跟别的都不一样？”

原本对着编织机的优美子转过头，疑惑地看着儿子手上的毛线。“怎么会呢？这些都是我一次性买回来的。”

“可是不一样啊。这团黄色比较多。”

“黄色？那真是奇怪了。”优美子接过他手上的毛线，跟其他几团毛线对比了一会儿。在她眼里，这些毛线看起来都是一样的颜色。“好像是一样的啊。”

“不对。绝对不一样。”光瑠噘着嘴坚持道。

那时优美子已经承认儿子对色彩的感觉异常敏锐。于是她相信了光瑠的话，第二天把那团毛线拿回店里去了。中年女店员却没有承认。

“是一样的啊。你看，这上面还有批次编号呢。只要这个数字是一样的，那就是同一批染出来的。”

“可是，有没有可能不小心把别的批次拿错了……”

“那绝对不可能。”店员露出嘲讽的冷笑。优美子无奈，只好又把毛线带回去了。

可是真正用到那团毛线后，优美子终于确信了光瑠是正确的。因为纹路整齐的机械编织，哪怕颜色只有很小的差异，也会因为光线变化而形成明显的分界。优美子发现，整件毛衣的颜色从用到那团毛线的地方开始，就变得明显不一样了。虽然她不知道是不是正如光瑠所说，其中的黄色略微多了一些，总之颜色看起来就是不一样。于是她拿着织到一半的毛衣又去了一趟毛线店。这回连店员也脸色大变,给工厂打了电话。结果原来是工厂在分批次时出现了失误。店员自然也诚恳地向优美子道了歉。

升上小学高年级后，光瑠已经能对颜色进行定量了。

“这件是百分之五的红色混合百分之八的黄色，那件是百分之六的黄色里添加了百分之十五多的蓝色。”这是高行到百货公司买礼服时，光瑠对两套礼服做出的判断。高行和优美子丝毫看不出那两套衣服的颜色有何不同，无论怎么看都是黑色的。

他们对这种事情渐渐习以为常。除了对色彩敏感之外，光瑠对光线也同样感觉敏锐。他拥有感知细微光线的能力。在光瑠读小学五年级的那年冬天，高行发现就算面对同一片天空，光瑠也能比他们看到更多星辰。

很快，光瑠升上了高中。其实只要他想去，日本随便什么高中他都能考上，然而他却选择了当地的公立高中。他的理由是，高中在哪儿上都一样。优美子在他小时候断言将来一定要送他上著名私立学校，此时听完他的话，似乎放心了不少。

确定了就读高中的那天晚上，白河家开了个只有三个人的小派对。当时高行问光瑠想要点什么礼物。光瑠马上做出了回答。“那给我买一台电脑吧。”

“你不是有电脑了吗？”

光瑠从初一开始就使用电脑了。他究竟用电脑干什么，高行无法理解，唯一确定的是，他不是用来玩游戏的。

“我想要台新的。无论如何都需要一台。”

“唔，那倒是无所谓。”高行一边答应着，一边看向优美子。她的表情有点僵硬。可能要发生什么事了。高行突然有种预感。

高行陪光瑠到了电脑商店，在旁边呆呆地看着光瑠向店员提出各种要求。店员不得不顶着一头油汗，用各种专业术语回答光瑠的问题，有好几次高行还听到这样的台词：“这得跟制造商的技术人员咨询一下。”

正如高行的预感，光瑠得到新电脑后马上开始了某种事情。他根本看不出光瑠究竟在做什么，只是他从公司晚归的时候，常常发现光瑠的房间还亮着灯。问过优美子，得知光瑠除了吃饭的时候，绝大部分时间都待在自己房间里。

“每次经过他房间门口，无一例外都会听到咔嚓咔嚓的声音。那是敲键盘的声音，对吧？那孩子究竟在干什么呢？”

优美子的话里隐含着希望高行去问一问的意思。于是高行假装不经意地问了光瑠一句，却只得到了“我在玩呢”的回答。既然儿子这么说，他也没法继续问下去了。

与此同时，升入高中的光瑠又跟以前一样日渐鹤立鸡群了。首先在刚入学不久的能力测试中，他获得了学校创建以来最高的分数，紧接着在那个学期的期中考试，他又让老师们吃了一惊。

他根本不是会炫耀成绩的那种人，而且从一开始就对考试成绩毫不关心，但新生里有个天才的传闻还是一下子就传遍了整个学校。首先放出消息的是各个科目的老师。由于他的成绩实在太好，老师们一高兴就跟别的学生说了。

学生们自然不消说，连他们的父母都对光瑠抱以强烈的关注。第一次家长面谈会结束后，优美子筋疲力尽地回到了家。

“他们的问题从一开始持续到最后啊。你让孩子去了哪里的补习班？家庭教师是什么人？如果可以的话能给我介绍一下吗？平时给孩子做饭都会注意哪些方面？孩子用的是什么参考书？睡眠时间大概是多久？”她停下来，摇了摇头，“我说，我们家都让孩子用自己的节奏学习，没有请家庭教师，也没有让他上补习班。可是他们根本不相信。”

“嗯，那样的反应也很正常啊。”高行苦笑着说。

“一点都不好笑。我说的都是真话，可还是有人恶语相向，说我就是不想被模仿，才没说出自己的教育方法。真是太讨厌了！”以前每逢有人这样说，优美子都会产生某种优越感，最近也开始觉得，那些闲言碎语真的太烦人了。

尽管光瑠受到了整个学校的瞩目，但他上高中的目的却不仅仅是学习。对他来说，上课反倒成了副业。他把学校生活的大半时间都消耗在入学后马上加入的社团活动中了。

光瑠加入的社团是轻音部。当高行得知这一消息时，忍不住呆呆地凝视着儿子的脸，以为自己听错了。因为那实在是太让他意外了。

“所谓轻音，指的是摇滚吗？”

面对高行的问题，光瑠笑着摇了摇头。“不仅仅是摇滚，而是研究各种各样的音乐。”

“研究？”

“对，利用合成器。”

“合成器，难道是电子音乐？”

“嗯。我们社团在合成器的使用上是很出名的。活动室里放着一整套器材，社团成员可以自由使用。我之所以选择那所高中，最大的理由其实就是这个。”

高行和优美子呆呆地看着天真烂漫的儿子。他们没有任何理由反对光瑠加入轻音部。

积极投身于每周三次的社团活动，回到家后就埋首于电脑桌前，这就是光瑠的高中生活。高行夫妇只能远远地看着儿子的行动。痴迷于音乐和电脑对现代的高中生来说并不算什么稀罕事。或许可以说他这种举动很平常。只是一想到热衷这些活动的人是光瑠，他们就会开始坐立不安。

不久，光瑠说想去做兼职。询问理由，原来是想买电脑的周边器材和零件。他想去做兼职的地方，是一家电器折扣店。据说在那样的地方，能以令人难以想象的低价淘到想要的商品。

高行说，你想要什么，我买给你就是了，而光瑠只是笑着摇摇头。

“我不想什么事都求爸爸。而且本来可以很便宜买到的东西，没必要专门花一大笔钱。”

几度争论过后，他们只得答应光瑠在暑假、寒假和春假这些长假期间出去做兼职。于是，光瑠在高一那年的夏天，开始到那家店里工作了。每次他都会拿点东西回来，紧接着钻进自己房间里，直到叫他吃饭才出来。

高行偷偷看过几次儿子的房间，那里看起来就像电子器械的实验室，摆放着不知何时弄来的各种机器，用数量惊人的线缆和插头连接到电脑上，在某个狭窄的角落里还紧巴巴地塞着一个插满 IC 芯片的板子。

“等我完成这段工序就会收拾的。”每次提醒光瑠，他都会这样回答。普通高中生似乎很讨厌双亲看自己的房间，但光瑠并没有表现出那种情绪，只是绝口不提自己到底在干什么。就算父母追问，他也只会敷衍道：“以后会告诉你们的。”

有一次，高行把一位擅长电脑的同事请到家里，让他看了光瑠的房间。因为他想知道儿子的行动到底有什么意义。同事看过房间后，先是苦笑了一下。他说，这与其说是实验室，还不如说整个房间变成了一台机器。随后他又仔细看了看房间里那几台设备的状态，突然露出了严峻的表情，还说这根本不是高中生能做出来的东西。

“我知道我儿子比普通人要聪明一点。”作为家长，高行还是忍不住有点得意，“先不说那些，你觉得这到底是干什么的？我儿子到底在做什么？”

“具体用途我也说不出来，但简单来讲，这就是个电源。”同事说。

“电源？就是个电源？至于搞这么复杂吗？”

“电源跟电池是两个概念。这个系统应该能用非常复杂的模式发出大量电子信号，同时还伴随着合成器的演奏。”

“伴随着演奏？那是干什么用的？”

“我也不知道。这只能问问他本人了。话说回来，你儿子真是太厉害了。我倒是更好奇他怎么能做出这个的。”

“这个嘛……其实我这个当父亲的也不知道。”高行嘟哝着说。

光瑠的第一年高中生活就这样过去了。从客观角度考虑，这称得上是顺风顺水的一年。他的成绩从来都是顶尖的，既没有卷入什么麻烦，也没有因为异性和人际关系有过烦恼。

可是对高行和优美子来说，这一年间，儿子似乎与他们越来越疏远了。高行经常会有这样的疑惑，那个埋首于奇怪机器制作的少年，真的是他们的孩子吗？他最近在想，正如孩子心中会有理想的父母，父母心中其实也有理想的孩子形象。但那种形象并非连父母都难以理解的天才少年，而是平凡、天真、偶尔会给父母添麻烦的孩子。

光瑠不是那样的孩子，高行心中产生了这样的想法。

# 3

枕边的时钟发出一声电子提示音。高行正准备把闹钟停掉，优美子先从被窝里伸出纤细的手臂，按下了时钟顶部的按钮。

“怎么，你没睡着吗？”高行问。

“我怎么睡得着呢。”优美子在黑暗中回答，“你不也醒着嘛。”

“是啊。”高行撑起身子，伸手摸索着衣服。

“可以开灯啊。”

“不要紧。而且也不能让光瑠发现我们起来了。”

“啊……说得也对。”

换好衣服后，高行走到门边，仔细倾听。外面还没有任何动静，只有自己的呼吸声在耳边回响。

“外面的天气怎么样？”优美子担心地问。

“应该没问题。天气预报说是晴。”

“是吗……那他应该不会不出去吧。”

“没错。”

就在这时，外面传来啪嗒一声。优美子猛吸一口气，高行全身紧绷，把耳朵贴到门上。

传来木头被碾压的轻微声响。光瑠应该从房间走出来了，正在下楼梯。那段楼梯无论怎么小心，踏上去都会发出声音。

高行做了个深呼吸，转动门把。

“老公，”优美子在他身后说，“你小心点。”

高行忍不住露出微笑。“我只是跟踪自己的儿子罢了。”

“话虽这么说……”说到这里，她突然陷入了沉默。

高行轻轻打开门来到走廊。楼下传来一丝动静，听起来像是光瑠在玄关穿鞋。

高行看了一眼光瑠房间门前，只见一只拖鞋翻了过来。那只拖鞋原本是被搭在门边上的，一旦门被打开，必然会发出动静，这就是方才他听到的啪嗒声。

莫非光瑠没注意到？

他有点不安。此前因为小看了儿子的能耐，他失败了好几次。

楼下传来金属声，那是玄关上锁的声音。高行加快速度，同时注意不发出太大的动静跑下了楼梯，来到起居室。紧接着，他又跑到落地窗前眺望外面的夜色。

光瑠穿着防风外套和运动裤，沿着家门前的道路向右即西方跑去。他好像并没有注意到高行。

高行拉开玻璃门走进院子，随后绕到玄关，推着优美子的自行车走向门外。最近天气一直很好，今晚格外晴朗，能看到夜空中的点点繁星。光瑠应该能看到更多的星星吧，他这样想着，跨上自行车蹬了起来。

光瑠的深夜慢跑是从五月黄金周结束后开始的。但这只是他本人的说辞，实际上究竟是从何时开始的，高行也说不准，他只是全盘接受了儿子的说法罢了。直到最近这段时间，高行和优美子才发现儿子半夜会从家里跑出去。

“那孩子昨晚好像出去过。”大约一周前的某天早晨，优美子面色苍白地对高行说。高行已经吃完早饭，正在看报纸喝咖啡，一时间无法理解妻子的话。

“光瑠去哪儿了？”

“我也不知道啊。不过他确实半夜偷偷溜出去了。”

前一天晚上是个在五月来说非常冷的夜晚。优美子半夜起来上完洗手间，又顺便看了一眼儿子的房间。因为光瑠的棉被很薄，她担心儿子会冷。她走进房间一看，光瑠竟然不在床上。她走下楼梯，把起居室和厨房都找了个遍，还是找不到儿子的身影。正在她越来越担心的时候，玄关突然传来了一点动静。优美子吓了一跳，躲在门后偷看，发现光瑠在玄关脱下鞋子，顺着楼梯走了上去。

“为什么你当时没问他呢？”高行放下报纸，看向妻子。他自己也能感觉到目光中的责备。

“我想先跟你商量商量啊。你不是总说，不要一开口就斥责孩子嘛。而且我那时回到卧室就想跟你商量的，结果根本叫不醒你。”优美子埋怨道。

高行不禁想，凡是跟光瑠有关的事，我们总是这样啊。两个人都不知道该如何是好，最后总是忍不住把事情推给对方。

“要是他今晚又跑出去，我就去问问。”高行无奈之下只好这样说道。

那天晚上，高行被摇醒了。他一睁眼就看到优美子近在咫尺的脸。

“那孩子果然又出去了。”

高行揉揉眼睛，看了一眼时钟，凌晨一点三十五分。这时就算是出去鬼混也未免太晚了，电车也已经停运了。他披上睡袍来到一楼。光瑠已经出门了。他坐在起居室沙发上，开始啜饮白兰地，同时默默思考着，儿子回来后该怎么询问。

不一会儿优美子也走了下来，一边说“我也喝一点吧”，一边拿出了杯子。高行不禁想，看来她真的很担心。因为她平时很少碰酒精饮品。

这个时间儿子究竟会到哪儿去呢？高行完全想象不出来。他本想问问优美子，但转念一想，她应该也不知道，便没有说出口。优美子一直在看着时钟叹气。她似乎从一开始就不指望丈夫能推断出儿子这一行动的目的。

凝重的沉默持续了一个多小时，高行正准备给自己倒不知第几杯白兰地时，光瑠回来了。

看到双亲在起居室等着自己，光瑠似乎并没有表现出多少惊讶，只是有点尴尬地道歉说：“把你们吵醒了吗？真不好意思。”随后，他看着优美子笑了笑。“妈妈，你刚才喝酒了吧，眼底下都变成石竹色了。”

高行从未听过石竹色这个字眼，但他猜测，光瑠指的应该是优美子现在的脸颊颜色。那种颜色与一般的粉红色有微妙差别，光瑠就能看出那种差别。对这类言语，高行一般都采取左耳进右耳出的态度。

“总之你先坐下。”高行指了指对面的沙发。光瑠点点头，老实地坐下了。高行开始质问他深夜外出的行为，光瑠却不以为意地回答只是在慢跑。

“毕竟都上高二了，我想开始做点事情。深夜里跑步很舒服。周围一片寂静，仿佛在另一个城市里奔跑，再加上没什么汽车尾气，呼吸也会变得特别轻松。”

“可是那样很危险啊。”高行抱起双臂，“这么晚了，一个人跑出去，要是遇上什么坏人，根本没有人会来救你。”

光瑠听完，爽朗地笑了起来。“这么晚了，坏人也不会出门的。我反倒更担心附近的人怀疑我是坏人。为了在遭到巡警质询的时候有点交代，我还带着这个。”他从运动裤里掏出自己的学生证来。那能够作为身份证明。

“不能早点出去慢跑吗？比如晚上九点十点左右。”

“车太多了。”光瑠微微皱起眉，“那段时间外面还有不少车呢。而且很多地方没有人行道，机动车从身边擦过实在太可怕了。”

听到这样的话，必须为孩子安全着想的家长自然无言以对。

“你不困吗？”见高行沉默下来，优美子接过了话头。“这个时间跑步会影响睡眠吧。”

“其实开始跑步以后，我的身体就变好了，就算只有一点点睡眠时间，也能保证一整天头脑清醒。”

这么说来，高行确实没见过光瑠想打瞌睡的样子，优美子也没对他提起过。

“总之，这样的慢跑对我来说只有好处没有坏处。”

“就算你觉得好，爸爸妈妈也会担心啊，一整夜都要提心吊胆，不知道你平安回家没有。”

“那不如这样吧。我一般都会在凌晨三点半前回家，以后我出门定个闹钟，要是到那个时间没回来，闹钟就会响。你们如果担心，等听到闹钟响了再担心也不迟。尽管我认为那并不可能。”

他之所以能够如此迅速地给出解决方案，无疑是预料到父母迟早会找他谈这件事。高行不禁呆呆地想，跟这小子说什么，他都不会听的。优美子似乎已经用完了反对的理由，正用求助的目光看着丈夫。高行在沙发上直起身子。“你在什么地方跑步？”

“就在附近。从这里到第三小学周边。”

“那么，你要穿过大马路吗？”

“嗯。”

“那太危险了。”高行突然想起什么，一下子提高了音量，“那条路上有暴走族出没，那是一帮非常狂暴危险的人。要是遇到他们，你打算怎么办？”

最近出现在这片地区的暴走族比以往小混混的破坏行为都要激烈，这一传闻也传到了高行耳中。他们有时甚至会使用自制炸弹破坏公共财物。

“光瑠。别跑了，求求你！”想到暴走族的事情，优美子似乎更加不安了。

光瑠面不改色地说了一句话：“不用担心他们。我认为他们已经不会再进行破坏活动了。”

出人意料的回答让高行一时难以应对。“为什么你能一口咬定那种事呢？”

“不为什么啊，具体理由我也说不清楚。”光瑠顿了顿，看着父亲耸了耸肩，“总之，你们等周末看看就知道了。他们不会再出来捣乱了。”

“那种事真的能相信吗？”

“这可伤脑筋了。”嘴上虽然这么说，光瑠看起来却不怎么伤脑筋，甚至让人觉得他很喜欢这种对话。“我明白了。那我周末不出去跑步行吗？因为他们只会在周末捣乱。这样应该就没事了吧？”

这回轮到高行感到困惑了。他与优美子面面相觑，而妻子似乎也想不到说服儿子的方法。“可是啊……”高行明知无言以对，还是硬挤了几个字出来。

“求求你了，爸爸。”光瑠一脸认真地轮流看着父母，“还有妈妈。能让我跑下去吗？既然开始了，我就想持续一段时间看看。”

高行抱着双臂，沉默不语。

从第二天起，光瑠深夜慢跑的事似乎自然而然地得到了许可。他遵守了与父母的约定，周五周六晚上绝不出门，但除那以外，只要不下雨，他就几乎每天都会出去跑步。他跑步的时间很精确，凌晨一点半过后出发，三点过后回来。无一例外。

既然没什么可疑迹象，应该不需要担心吧——高行开始产生这样的想法。

可是，昨天优美子从外面偶然听来了这样一件事：暴走族变老实了。

“你知道住在公交站附近的山中一家吧，是那家的太太告诉我的。原本一到周末就能听到震耳欲聋的摩托车声，最近却突然安静下来了。那条路就是光瑠当时说到的地方。老公，你怎么想？”也许是太过在意了，高行刚下班就听到了她的汇报。

问他怎么想，高行也回答不上来。“那只是偶然吧。”他一边说着，一边承认这根本算不上回答。正因为觉得那不是偶然，优美子才会跟丈夫商量。

紧接着，优美子又说出了更让人意外的话。“不只是这些。她还说，最近虽然暴走族不见了，却时常能看到一群奇怪的孩子。”

“奇怪的孩子？”

“前两天山中一家睡觉的时候，听到外面传来孩子的声音。他们往窗外一看，发现有几个孩子高兴地聊着天从他们家门口走了过去，还说那些孩子看起来都很普通。那种事发生了两三次呢。”

“那又怎么样？”高行知道优美子想表达什么，但他还是故意装出没听懂的样子。

“这件事……会不会跟那孩子，跟光瑠半夜出门有什么关系啊？据说那些孩子在外面闲聊的时间，也是凌晨两点左右。”

“怎么会！”高行勉强挤出笑容，“这里是居住区，又不是市中心。一群孩子半夜跑出来也没什么好玩的嘛。”

“但确实有人看到那样的孩子了呀。你怎么能肯定光瑠不是其中一员呢？”优美子的语气已经有些歇斯底里。总之，一旦事关光瑠，她就会彻底失去原本冷静的态度。而高行也非常理解，那实在不能怪她。

考虑了一整天后，他决定尾随光瑠。当然，他并不想做这种事。毕竟万一被光瑠发现了，有可能给他造成很大的心理伤害。可是高行转念又想，这也许是深入理解儿子的良好契机。反过来说，如果错过这次机会，那孩子说不定对他们来说永远都会是个谜团。

再说了，高行想，就算儿子发现自己被尾随，也不一定会受到什么心理伤害，尽管有可能会生气。高行总觉得，光瑠根本不会因为这件事受到打击。如果儿子真的会做出那种正常的反应，他们反倒不会这么担心了。

高行骑着自行车跟在光瑠身后几十米开外。每次转弯，他都担心自己会跟丢。虽然还想再靠近一些，但害怕会马上被发现。光瑠的听觉也很敏锐，恐怕连最微小的车胎摩擦声都会引得他回过头来。

光瑠来到了大路上。那是有红绿灯的十字路口。虽然深夜车流量很少，光瑠还是一边原地踏步，一边等待绿灯。高行躲在一边看着他的举动，心里默默地点了点头。这样看来，似乎不用担心他遭遇事故了。绿灯亮起来后，光瑠又出发了。高行稍微等了一会儿，也横穿了马路。

又尾随了一段时间，高行渐渐起了疑心。光瑠说他会跑到第三小学附近，可现在的方向完全不一样。莫非他打算绕远路？高行带着疑惑一路尾随，回过神来，已经进入了像棋盘一样规划整齐的住宅区。周围有好几栋看上去刚刚建好的房子。高行这才意识到，在自己看不到的地方，这个城市在一点一点地改变着。

穿着白色防风外套的光瑠突然转向右边。高行赶紧用力蹬下脚踏板。前方的道路是一条缓坡，这对他平时运动不足的身体造成了巨大的负担。

转过那个弯道，高行忍不住轻喊了一声。光瑠不见了。他慌忙赶到下一个十字路口四处张望，依旧无法找到那个穿着白色防风外套的身影。

糟糕！高行咬着嘴唇，蹬着自行车在附近转了几圈。尽管他在坡道上多少浪费了一点时间，但光瑠绝不可能如此突然地消失。

最后，他在一座高大的建筑前停了下来。他知道这是中途停止建造的市民中心，只是这里的工程到底是什么情况、什么时候才会重新开始，便不得而知了。

高行绕到建筑正门。只见那里停着一辆高级进口车，不知是不是附近居民的车子。他看了一眼大门，本来应该是玻璃门的地方如今只有几块木板遮挡，当中还有个将近一点五米的缝隙。高行跨坐在自行车上，从缝隙中向里窥视。光瑠有可能跑到里面去了呢。整座建筑已经完全成了废墟，但总能感觉到一丝人气。可是里面一片漆黑，他什么也看不到。

就在这时，高行身后传来了脚步声。他回头一看，发现有个像是初中生的女孩子走了过来。穿着红色运动外套的小个子女生看到高行，马上停了下来，绷着下巴，屏住呼吸凝视着高行，目光似乎在谴责眼前这个陌生的中年男人擅自出现在这个地方。

你是谁，为什么会在这个时间跑到这里来——高行只能勉强忍住追问的冲动。因为他觉得，一旦这样问了，这个女孩子就会转身跑掉。高行一言不发地调转车头，朝女孩子走来的方向蹬起了车子。转过一个弯道后，他停下来，偷偷往刚才那个地方看了过去。只见穿着红色运动外套的女孩子走进了那座建筑。果然！高行暗想。他现在确信，光瑠肯定也进去了。

就在他思考该怎么办的时候，在他前方十米左右的建筑门后突然冒出一个黑影。是个穿着灰色开衫的矮个子男人。男人微微弓着腰，往未完工的市民中心走了几步，紧接着又躲在旁边的电线杆后面窥视起来。高行蹬起自行车，往男人身后靠了过去。男人完全没有发现他，依旧像只乌龟一样伸着头。

“那是您女儿吗？”

高行一说话，男人倒抽一口凉气，全身都绷紧了，紧接着他回过头，瞪着眼睛捂住胸口。“啊，吓死我了！”

“抱歉。”高行撇着嘴角苦笑一下，朝他点了点头，“那应该……是您女儿吧。刚才那个穿着红色运动外套的女孩子。”

穿着灰色开衫的男人依旧呼吸急促。他看起来有四十岁左右，比高行要年轻一些，体形矮胖，脸又圆又大，跟刚才那个女孩子似乎有一点相似。

“是的……”男人一边让呼吸平静下来，一边警惕地看着他，“那个，您是……”

“我恐怕也跟您一样。我是跟踪儿子到这里来的。”

高行说完，男人愣了愣，随后惊讶地张大了嘴。

“您儿子也会半夜跑出来？”

“他自称是慢跑。”

“慢跑？哦……”男人似乎还不能理解竟会有家长能够接受孩子这种时间外出慢跑，带着模棱两可的表情点了点头。

“您女儿刚才好像走进去了。”高行指了指市民中心。

“看来是这样的。”男人一脸不安地转向那座建筑，“那栋楼还没完工啊，里面也不知道是什么情况。”

“我也不清楚，因为今晚我第一次来。”高行摇了摇头。

“您儿子也进去了？”

“应该是，我刚才在附近把他跟丢了。”

“他们到底在里面——”男人突然闭上了嘴，因为他发现路的另一头有两个初中生模样的少年往这边跑了过来。他们匆匆四下张望一番，也跟方才那个少女一样走进了那座建筑。

高行看了一眼手表，因为刚才那两个少年看起来有点慌张，像是快要迟到了。手表上显示现在是刚过凌晨两点。莫非他们两点钟会做什么事情吗？

“几个孩子在这个时间聚到一起，究竟是怎么回事呢？”矮胖男人歪着又圆又大的脸说。

“我们也进去看看吧。”

高行说完，男人脸上闪过犹豫的表情，但很快就点了点头。“也好，这样最直截了当。对了，我姓小冢，住在三丁目的山丘公寓。”

“啊，就是那栋贴着白色瓷砖、很漂亮的大楼吧。”

“没错，就是那里。”

见小冢露出高兴的神情，高行也做了简单的自我介绍。他把自行车放在原地，与小冢朝建筑走去。高行内心松了口气，觉得能找到同伴真是太好了。恐怕小冢也是这么想的吧。

“您儿子是什么时候开始半夜往外面跑的？”小冢边走边问。

“进入五月以后。已经快三个星期了。”

“这样啊。我女儿是什么时候开始的呢……”小冢很不自信地说，“毕竟我是上星期才知道她半夜偷偷往外跑的。当时也追问了原因，但她根本不愿意说,之后也总是趁我们不注意往外面跑。骂也不管用，我干脆就跟过来了。”

“既然如此，想必夫人也很担心吧。”

“不，内人现在刚好不在家……”小冢似乎意识到自己对陌生人说了不该说的话，咕哝着闭上了嘴。

来到建筑门前，两个男人同时感到了对方瞬间的犹豫。

“您先请。”

小冢催促般挥了挥手。高行做了个深呼吸，钻过玄关木板间的缝隙走了进去。

建筑内部有点昏暗，但也并非完全看不见，因为顶上开了一排透光用的小窗。两人小心翼翼地向前走着，眼睛渐渐适应了黑暗，能够看清周围的细节了。水泥墙边杂乱地堆放着废料。

“这是尾气的味道啊。”

小冢在后面发出深呼吸的声音。于是高行也跟着嗅了嗅。确实是汽车尾气的味道。

“应该是白天车辆经过时排出的尾气积聚在这里面了吧。”

“不知道呢。”

“说起来，”小冢又说，“看来这座市民中心建成后会很壮观呢。”

高行也有同感。如果入口如此宽敞，这里大概能轻松容下两千名来客。“不过前提是这里真的能完工啊。”高行回答。

小冢似乎窃笑了一声。

楼层在途中转了个弯。经过转角时，高行忍不住叫了一声。因为他眼前竟整齐排列着一长串大型摩托车，乍一看有二十辆以上。

“这到底是……”小冢在高行背后惊讶地说。

“看来这才是尾气的来源啊。”高行压低声音说。与此同时，他想到了那些暴走族。这应该都是那些人的车吧。他们可能也会每天晚上到这里来。而光瑠一定是知道这件事，才会做出那种预言。他说今后这个地区不会再有暴走族捣乱。

“这些都是暴走族的摩托车啊。”小冢似乎也醒悟过来，紧接着又心惊胆战地喃喃道，“辉美那孩子，竟跟那种人混在一块儿吗……”看来辉美应该是他女儿的名字。

“不，我觉得您没必要如此悲观。”

“为什么？我女儿这么晚了还跑出来跟暴走族待在一块儿啊。”

“您也看到了吧。那两个后来跑进来的初中生，无论怎么看都是普通正常的男孩子啊。”

“最近这些小孩子都不好懂啊。”小冢愤慨地说着，四下张望了一圈，“总之，我要把她带回去。辉美那孩子，到底跑哪儿去了！”

“等等，”高行按住小冢的肩膀，“您听到什么了吗？”

“啊？”小冢半张着嘴安静下来。

高行又竖起耳朵仔细听了一会儿。果然不是他的错觉，确实有音乐从什么地方传了出来。“是大厅内部。似乎有谁在演奏。”

“都这个时间了，怎么可能。”嘴上虽然这么说，小冢还是往最近的入口走了过去。这里的出入口已经装好了大门。小冢试着打开其中一扇，却发现纹丝不动。“好像从里面反锁了。”

高行走到别的入口试了几次。所有门都锁得死死的，一动不动。他蹲下身，把耳朵贴在门缝上。音乐果然是从里面传出来的。

“能听见吗？”小冢也走过来，学着他的样子把耳朵贴了上去。

就在此时，他们背后突然传来了声音。“你们是什么人？”

是一个青年男子的声音。高行吓了一跳，猛地转过头。小冢再次发出轻声惊呼。

两个高大的黑影正俯视着他们。他们手上还拿着手电筒，炫目的光线令高行难以看清对方的模样。“你们是谁？快说！”右边的黑影说道。他绝不会听错，那是女人的声音。

“那你们又是谁？这个时间跑到这里来干什么？”高行对着那两个黑影说。

“我们是蒙面破坏神的成员。这里是我们的基地。”

“蒙面……暴走族吗？”

“是新人类。先不说这个，轮到你们回答问题了。”

“我儿子到这里来了。现在又是半夜，我实在太担心，就跟过来了。这位是跟着他女儿过来的。”高行帮小冢也解释了一遍，同时也暗示了他们身为家长，这样做理所当然。

两个黑影凑到一块儿，好像说了几句话。从轮廓能够判断，那个女孩留着一头长发。

“好，站起来。”男人说道。两人随即站了起来。男人又继续道：“跟我来。”

“我儿子在哪里？我想见见他。”

“没错，让我见见辉美。”小冢也接过高行的话提出了要求。

男人动了动手电筒，直直照向小冢的脸，紧接着，两个人都窃

“您也是尾随过来的吗？”

“不，是跟他一起来的。”

“一起来的？”小冢突然在旁边尖声说道。

“能告诉我是怎么回事吗？”高行问。

“其实说起来有点复杂。”

根据妇人的话，她儿子大概在三个星期前开始深夜外出。当然，她当时一点都不知情。当这件事终于暴露之后，她和丈夫一起逼问了儿子。可是儿子闭口不言。于是他们开始监视儿子，不让他深夜外出。过了大约一个星期，儿子开始制造出各种可怕的事端。先是班主任说他在学校上课的态度很差，而他在家里学习时似乎也无法集中精神了。不仅如此，他还时常情绪烦躁，对父母发脾气。

后来两人商量了一番，决定允许儿子深夜外出，可是绝不能让他一个人出去，提出了由母亲开车接送的条件。儿子一开始有些犹豫，最后还是答应了。只是，他也向父母提出了条件。那就是绝对不能进入建筑，只能在车上等他回来。

“后来，我就遵守和儿子的约定，在车上等他回来。第二天，就被他们的同伴发现了。”妇人看了一眼两个年轻人，“他们把我带到了这里。说如果要等儿子，就在这里等。”

“我们不接受任何人的监视。”长发女孩好像一直在听高行等人的对话，突然插了一句，“被监视的是你们。”

“原来如此。”高行略带嘲讽地应了一声，又看了一眼妇人，“那您儿子后来有改变吗？”

“有。”妇人深深地点了一下头，“变得活力充沛，好像变了个人，举手投足都充满力量，他自己也说终于能集中精力学习了。”

“哦……可是，您也不知道他们究竟在里面干什么吧？”

“是的。那孩子唯有这个怎么都不愿意告诉我。”妇人遗憾地说。

高行感到很不可思议。从妇人的话来看，这里面进行的是某种能够对孩子的精神产生影响的活动。

“能不能让我看一眼里面？就一眼。”小豕开始跟两个年轻人交涉，“从门缝里看一眼就好。”

两人一言不发，在黑暗中摇了摇头。

高行又一次看向妇人。“这件事您跟别人商量过吗？比如警察。”

“警察？”长发女孩警觉地叫了一声。高行抬头看着她。

“你们应该知道，这座建筑归市政府所有，你们没有权利随意使用。一旦被发现，会受到惩罚的。”

“我没有对任何人说过这里的事情。”妇人回答，“只有我丈夫知道。因为这种事情实在不好跟外人说。”

毕竟不知道自己的孩子究竟在里面干什么，她也不想轻易把事情闹大，这种心情高行很理解。

“你想报警就去报吧。”拿着手电筒的青年似乎看透了高行的想法，“到时候你儿子会怎么样我可不知道。搞不好会进拘留所哦。”

“你刚才不是说，他们没在里面干坏事吗？”

“当然没有。如果你相信，就没必要把事情闹大。总之，你只要老实坐着等就好了。”

“白河先生，”小豕压低声音说，“还是不要把警察引过来吧。”

“他说得没错。还是不要轻易把事情闹大为好。”妇人也赞成，“我们都觉得孩子没受到任何伤害，反而得到了很好的效果。虽然不知道他们在里面做什么，总之因为这个地方，我们的孩子和生活都变好了。”

“我明白，我明白。”高行抬手安抚着妇人，苦笑道，“我也只是

“您也是尾随过来的吗？”

“不，是跟他一起来的。”

“一起来的？”小冢突然在旁边尖声说道。

“能告诉我是怎么回事吗？”高行问。

“其实说起来有点复杂。”

根据妇人的话，她儿子大概在三个星期前开始深夜外出。当然，她当时一点都不知情。当这件事终于暴露之后，她和丈夫一起逼问了儿子。可是儿子闭口不言。于是他们开始监视儿子，不让他深夜外出。过了大约一个星期，儿子开始制造出各种可怕的事端。先是班主任说他在学校上课的态度很差，而他在家里学习时似乎也无法集中精神了。不仅如此，他还时常情绪烦躁，对父母发脾气。

后来两人商量了一番，决定允许儿子深夜外出，可是绝不能让他一个人出去，提出了由母亲开车接送的条件。儿子一开始有些犹豫，最后还是答应了。只是，他也向父母提出了条件。那就是绝对不能进入建筑，只能在车上等他回来。

“后来，我就遵守和儿子的约定，在车上等他回来。第二天，就被他们的同伴发现了。”妇人看了一眼两个年轻人，“他们把我带到了这里。说如果要等儿子，就在这里等。”

“我们不接受任何人的监视。”长发女孩好像一直在听高行等人的对话，突然插了一句，“被监视的是你们。”

“原来如此。”高行略带嘲讽地应了一声，又看了一眼妇人，“那您儿子后来有改变吗？”

“有。”妇人深深地点了一下头，“变得活力充沛，好像变了个人，举手投足都充满力量，他自己也说终于能集中精力学习了。”

“哦……可是，您也不知道他们究竟在里面干什么吧？”

“是的。那孩子唯有这个怎么都不愿意告诉我。”妇人遗憾地说。

高行感到很不可思议。从妇人的话来看，这里面进行的是某种能够对孩子的精神产生影响的活动。

“能不能让我看一眼里面？就一眼。”小冢开始跟两个年轻人交涉，“从门缝里看一眼就好。”

两人一言不发，在黑暗中摇了摇头。

高行又一次看向妇人。“这件事您跟别人商量过吗？比如警察。”

“警察？”长发女孩警觉地叫了一声。高行抬头看着她。

“你们应该知道，这座建筑归市政府所有，你们没有权利随意使用。一旦被发现，会受到惩罚的。”

“我没有对任何人说过这里的事情。”妇人回答，“只有我丈夫知道。因为这种事情实在不好跟外人说。”

毕竟不知道自己的孩子究竟在里面干什么，她也不想轻易把事情闹大，这种心情高行很理解。

“你想报警就去报吧。”拿着手电筒的青年似乎看透了高行的想法，“到时候你儿子会怎么样我可不知道。搞不好会进拘留所哦。”

“你刚才不是说，他们没在里面干坏事吗？”

“当然没有。如果你相信，就没必要把事情闹大。总之，你只要老实坐着等就好了。”

“白河先生，”小冢压低声音说，“还是不要把警察引过来吧。”

“他说得没错。还是不要轻易把事情闹大为好。”妇人也赞成，“我们都觉得孩子没受到任何伤害，反而得到了很好的效果。虽然不知道他们在里面做什么，总之因为这个地方，我们的孩子和生活都变好了。”

“我明白，我明白。”高行抬手安抚着妇人，苦笑道，“我也只是说说而已，并没有真的想报警。”

那就好——妇人带着那样的表情，抿起了嘴唇。

“只要乖乖坐着就好。如果你们守规矩，那明后天也能过来。”长发女孩语气强硬地说。

高行这段时间没怎么跟这一年龄段的人接触过，不禁想，莫非现在的女孩子都喜欢说这种分不清性别的话[①]吗？

他们在黑暗中沉默了一段时间，突然听到不知从哪儿传来的奇怪声音。高行好一会儿才意识到那是拍手的声音，而且还不止一两个人，是很多人在拍手。

“应该结束了。”

拿着手电筒的青年话音未落，旁边的门就被打开了。紧接着，许多看似中学生的男男女女陆续从里面走了出来。他们一言不发，顺着通道离开了。高行站起来向他们走去，他们只是看了高行一眼，便若无其事地走过。每个人的眼神都如梦似幻。

“辉美，辉美！”小冢大声喊着。

现场有四五十个孩子。一个身穿红色运动外套的少女从人群中走了出来。

“爸爸！”透过黑暗也能看出少女瞪大了眼睛，“你跟踪我过来的吗？”

“那当然了。你究竟在这里干什么呢？”小冢一提高音量，周围的孩子马上停了下来，把视线集中到小冢父女身上。小冢马上没了气势。“不是，那什么……我这不是担心你嘛。”

“我没事，不用担心我。”名叫辉美的少女抛下这么一句话，快

---

①日语有男性用语和女性用语之别。一般男性用语的语气比较生硬，女性的则比较委婉含蓄。

步离开了。

“啊，喂，等等我。”小冢拨开挡在面前的少男少女，朝女儿追了过去。

落在人群后面出来的一名少年朝高行等人走了过来。他戴着眼镜，看起来像个乖孩子。“妈妈，回家吧。”少年的声音与外貌截然不同，听起来非常成熟。他应该是妇人的儿子。

“啊，嗯，回家吧。今天也很开心吗？”妇人的语气似乎在讨好孩子。

可她儿子不满地皱起了眉头。“不是说好了不说废话吗？”说完，他转身就走了。

妇人也像小冢一样，手忙脚乱地追了过去。

高行仔细看着每一个孩子的面容，唯独找不到光瑠。连他标志性的白色防风外套也看不到。

“找到你儿子了吗？”青年问道。

长发女孩正在关大厅的门。里面没有人了。

不，那不可能。高行认为，光瑠肯定就在这里，还在大厅里。

“应该是我看漏了。”说完，高行便跟在孩子们身后走向楼梯。

青年嗤笑一声。“连自己儿子都找不到，真不像话啊！”

高行缓缓走向楼梯，悄悄回头一看，发现那对青年男女正走进大厅。

他脚跟一转，向他们猛冲过去。那两个人似乎一时没有反应过来发生了什么事。高行把他们推开，闯入了大厅。

“啊，大人进去了！”女孩在他背后高喊一声。

高行还想继续往里闯，却不得不停下脚步。相比外面的昏暗，这里简直是一片漆黑。他根本看不到眼前有什么东西，可以说是伸手不见五指。

“他在那里，就在那儿站着呢，左边通道的中间位置，正手足无措呢。”

右边传来青年的声音。高行实在无法想象，在如此浓重的黑暗中，对方究竟是怎么知道自己在哪里的。他还没来得及思考，就被人从后面架住了，紧接着，又有好几个人把他按在了地上。

“功一，纯，你们没看住门口吗？”头上传来沉稳的声音。

“一时大意了。不好意思。”

回答他的人名叫功一啊，高行呆呆地想着。

“这大叔究竟是谁？”

“他说是谁的老爸。”功一说。

“在吵什么呢？”

头上又传来熟悉的声音。高行抬起脸。“光瑠吗？是光瑠吧。”

就在他开口的瞬间，周围的空气瞬间凝固了。

“怎么回事？”光瑠的声音听起来并不太惊讶，“这不是爸爸嘛。”

“竟然是光乐家的老爸！”按住高行的手同时松开了。

“光乐家？”高行跪在地上看了看周围，可惜还是一片漆黑。可周围的孩子们似乎都能看见他。他不由自主地想，自己的视力是不是出问题了？

有人轻轻拉住了他的手臂，想帮他站起来。他小心翼翼地挪动双脚，直起了身子。

“没事吧？”光瑠的声音近在咫尺。

“嗯，没什么大碍。”高行回答。膝盖有点痛，他也不知道是否受伤了。

“能走吗？”

“腿脚倒是没什么问题，只是这里这么黑……”

“抓住这里。”光瑠牵起高行的手，让他抓住了自己的手肘，“我会慢慢走，你要小心脚下，好吗？”

“知道了。”

“各位，”光瑠喊了一声，似乎在对周围的同伴说话，“这个人交给我吧，我来解决这件事。”他的语气很平静。

高行抓着儿子的手臂，心里受到了小小的打击。“这个人”？莫非他在说我？

周围的孩子们似乎都同意了光瑠的话，陆陆续续离开了。

待四周安静下来，光瑠说：“走，我们回家吧。”

“嗯。”高行点了点头。

光瑠缓缓走了起来，高行小心翼翼地跟在儿子身后。这让他有种自己已经垂垂老矣的错觉。

“我为他们的暴力举动道歉。”走了几步，光瑠又说，“不过爸爸也有错，谁叫你突然冲进来了呢。”

“我叫他们放我进去，他们不愿意。”

“那种事情不是很常见吗？尤其是大人把小孩子隔离在外的例子，简直不胜枚举。这种处境相反的情况我觉得也是可以有的。”

“爸爸很担心你。”

“为什么？”

“为什么，因为你……”

“慢跑可以接受，做别的事就不能接受，这我有点无法理解。”

“知道孩子在做什么是家长的义务。”

“就算是孩子，也有自己的隐私。我们也有拥有秘密的权利。”

“但也要有个限度。”

“那个限度不也是大人擅自决定的吗？”

“这种判断孩子做不来。”

“那只是大人的傲慢罢了。”光瑠安静地断言道。

走出市民中心，高行松开了光瑠的手臂。路灯的光芒似乎比平时更明亮了。

“明天我也会来这里。”光瑠说，“爸爸也来吧。我邀请你。”

“能让我进大厅吗？”

“嗯，只要我们准备好。然后你就可以用自己的双眼，见证里面到底发生了什么。”

“到底发生了什么？”

“明天你就知道了。”光瑠说完，抬头看向天空，“真漂亮。那是牧夫座和武仙座，那边的是北冕座。今晚的星空特别明亮。”

高行也看向天空。可是光瑠所指的地方并没有星星。不，有是有，只是他看不见罢了。

## 4

第二天凌晨一点过后，白河一家三口走出了家门。优美子很害怕，但还是决定一起去。或许是因为光瑠说也想让妈妈看看。

“要是别人看到了，说不定以为我们在趁夜潜逃。”锁上玄关大门后，高行调侃了一句。

“空着手吗？”光瑠愣愣地问。

“现在潜逃几乎都是空着手的，只要带上各种卡和银行存折就能活下去。”

“都要趁夜逃跑了，那样的人竟然还会有存款吗？”

“就是为了守住那些存款才要跑啊。”

“你们别这么大声。人家真以为我们要逃跑了。”

听了优美子的话，高行和光瑠都笑了。优美子也笑了。高行心想，他和优美子说不定都在强颜欢笑吧。

欢笑在他们靠近那座建筑后便迅速消失了。在建的市民中心跟那天晚上一样，被包裹在让人毛骨悚然的黑暗中。

“这里面吗？”优美子惊恐地问。

“没错。”高行回答。

光瑠没再说话，他一言不发，头也不回地走了进去。高行和优美子牵着手紧随其后。里面光线昏暗，难以看清脚下的路，两人只能小心翼翼地向前走。

“你走慢点。”高行对如同走在白昼、把他们远远甩在后头的儿子说。

三人走上楼梯，来到昨天高行强行闯入却被抓住的大厅前。他以为他们会从这里进去，光瑠却走上了旁边的通道。

“不是要进去吗？”

高行问了一句，光瑠似乎在黑暗中微笑了一下。

“只有观众才会从那边进去。”

“观众？”

“演奏者要在后台准备。”

走到通道尽头，光瑠打开了一扇大门。里面一片漆黑，光瑠却毫不犹豫地走了进去。过了一小会儿，灯亮了。高行被炫目的灯光照得眯起了眼睛。发出光线的源头是光瑠手上的一盏小灯。

“只有这点光量也会感到目眩，对吧？那是因为人类平时被过分多余的光线包围了。”

高行和优美子也跟着走了进去，没想到里面竟很宽敞。墙壁没有涂装，全是裸露的水泥。右手边有一段小小的楼梯，应该是登上舞台用的。

“这个音乐厅很不错吧。都已经完成到这个程度了，却说经费不足，实在让人难以置信。”

“你准备在这里干什么？”优美子问。

“当然是演奏啊。开音乐会。”

“音乐会？”高行想起上次来这里时听到的《波莱罗》。难道光瑠真的只是在办音乐会吗？不，他转念一想，那绝对不可能。“光瑠，后面那是什么？”

高行发现那里摆着一台奇怪的机器，便问了一句。从一个小型电视机大小的盒子里伸出一根长约一米的支柱，支柱末端分成三股，分别顶着一个比排球略小一点的白色圆球。

“你说这个吗？唔，硬要说的话，是民谣吉他。”

“民谣吉他？那是什么？”

“二十世纪六十年代末到七十年代初，曾经非常流行民谣这种音乐形式。尽管其信息量丰富和人才辈出也是原因之一，但这种音乐能够普及的最大原因在于，人们能够随时随地演奏。与其他音乐形式不同，民谣只需一把吉他就能完成。民谣原本就包含着巡回于战场主张反战的目的，其机动性自然是不可或缺的。后来，民谣又渐渐发展成了新音乐[①]、摇滚乐等多样化的音乐形式，如今年轻人到音乐会会场追寻好音乐已经成了理所当然的事情。在人群聚集的地方，利用一把吉他弹奏的形式发生了改变。现在人们只要把整整三卡车的器材搬运到根据音响工学建造的会场中，组建起产生优质音效的系统，然后再静心等待，听众就会聚集过来了。但我认为，这其中功劳最大的，还是让人们养成了倾听现场音乐习惯的民谣。这件事也给了我一个启发。那就是，若想传播什么东西，首先需要考虑的就是机动性。所以我需要一把民谣吉他。”

“你到底要传播什么呢？”优美子还是老样子，一脸担心地问道。

“我正在做的事情，其实跟过去那些民谣歌手是一样的，那就是

①二十世纪七十年代以来成为日本特有音乐的民歌、民谣。

发送信息，寻找接收信息的人。不过我使用的是超越了音乐的东西。”

“超越了音乐的东西？真有那种东西吗？”

“当然有啊。”光瑠把被他称为民谣吉他的奇怪机器移动到高行夫妇面前，“你们觉得人类最发达的感觉器官是什么？”

“当然是眼睛啊。”高行回答。

“没错。但遗憾的是，人类几乎从不使用眼睛来享乐。耳朵可以听音乐，鼻子可以享受芬芳的香气，更不用说味觉可以通过饮食这种行为来享乐了。”

“用眼睛也可以享乐啊。”优美子反驳道，“可以看美丽的画作，还可以看电影。”

“但那只是对图像的认知罢了。比如看到小猫的照片，会觉得很可爱。这并不是说小猫的形状本身可以让眼睛享乐，而是认知了小猫的存在，从以往的相关经验中诱发了可爱这种感觉而已，并不能称为感官的享乐。”

“那么，你想做的就是发出某种信息，让大家能够用眼睛享乐？”

“正是如此。这就是我使用的乐器。”光瑠轻抚着那台奇怪机器上的白色圆球，“这是一种叫作 C-Lamp 的荧光灯。某著名照明器械制造商在一九八七年发布了这款产品，但它几乎不为普通人所知。这种灯的特征在于能够发出任意颜色的光。”

“能发出各种颜色的光？”

“是的。在这种灯被发明以前，世界上不存在光源能够直接变换颜色的装置。当时最简单的方法就是将不同颜色的光源集中排列在一起，利用开关进行切换，不过理所当然地，这样只能发出事先准备好的颜色。再高端一点的方法，就是用一个散光罩，将红、绿、蓝三种光源罩起来，在每个光源上安装调光装置，通过变换三色光强来实现可变化的混色光。可这样一来，每一个光源上要安装三个调光装置，使得整个装置体积变大，并且操纵多个光源必须设计非常复杂的回路，这就成了该技术的致命缺点。”光瑠舔舔嘴唇，轻敲一下白色圆球，“其实，这个C-Lamp内部也有红、绿、蓝三个光源，不过让它们发光的回路只有一个。通过那一个回路的切换，就能够让三个光源按照顺序发出光线。然后，只要高速重复切换动作，从肉眼看来就会是三个光源同时发光的效果。在此基础上改变切换时机，点亮三色光源的时间比就会发生改变，它们混合起来的光色也就会随之改变。”

光瑠充满热情地讲解着，恐怕连那个厂商的服务人员听了都会自愧不如。高行好歹听懂了大概，便抱着胳膊点了点头。优美子好像听到一半就放弃了。

“总之，那就是个能发出任意颜色光线的灯，对吧？”

“是的。”光瑠对母亲点点头。

“而且使用的回路还很简单。”为了表示自己已经理解，高行补充了一句。

光瑠高兴地对他说：“正是这样。我把安装了三个C-Lamp的装置连接到电脑上，半夜溜了出来。没告诉爸爸妈妈，我也觉得很不好意思，可是这种事情并不是好好解释就能得到你们理解的。然后，我去了第三小学。分析了各种地点后，我认为那里的教学楼屋顶最符合我的条件。”

“什么条件？”

“首先是没有人会经过。其次是四面八方的视野都很开阔。最后，是有电源。”

“那里没有门卫吗？”

“有是有，但他们根本不会巡视。我估计他们直到现在都不会想到，竟然有个奇怪的家伙从学校铁丝网的缝隙里钻进去，跑到屋顶上发出奇怪的光线。”

“就是说，你一直在做的事情……”高行指了指装有三个 C-Lamp 的装置，“只是跑到小学教学楼顶上让这玩意儿发光？”

“是演奏。”光瑠纠正道，“不仅仅是让它发光。”

“还放音乐吗？”优美子问道。

“不,当时我没使用音乐。虽然现在会利用音乐来制造多重效果。”

“就是说，你的演奏基本上只是用光来完成？”

“完全正确。就像音乐是由声音的各种模式变化构成的一样，我认为光也能实现那种效果。”

“确实，要是各种光交替闪烁的话应该会很漂亮……”

光瑠似乎对父亲的回答有点失望，只见他苦笑着摇了摇头。“所谓漂亮不漂亮，放到音乐的范畴里充其量只是声音够不够清澈的问题而已。那虽然很重要，但更重要的是旋律。”

“光也有旋律吗？”优美子瞪大了眼睛。

“当然有。只是大家都没有发现罢了。”说完，光瑠就关掉了手电筒的电源。

再次陷入了深邃的黑暗。

“喂。”

“安静。大家快到了。”

“啊……”

高行仔细倾听，果然听到观众席传来了脚步声。

“今晚应该有几个人会带家长过来，因为都经过许可了。”

“你是怎么召集到那些人的？”

"我每天晚上都在小学教学楼顶上演奏，当中还包含了信息。不久，发现光的人就一个接一个来到了我身边。他们是追逐着光而来的。人数增加后，我们再也不能在学校教学楼举办演奏会了。而且我还发现，可以利用他们口耳相传来增加观众。于是我就跟暴走族的头领谈好，把舞台转移到了这座大厅里。这里是演奏光的理想场所。不仅不会透入多余的光线，还无须担心被别人看到。最幸运的是，这里还留有一处建筑工程用的电源。"

光瑠的声音在移动，同时还传来走上楼梯的脚步声。

"你要开始演奏了吗？"

"差不多了。"

"不用带上那个装置吗？"

"我刚才不是说了吗？那是民谣吉他。现在大家都会聚集到这里来，我当然要使用能够实现最佳演奏效果的器材。"

看来他还有另外一台装置。想必就安装在舞台上吧。

"再告诉我一件事。你说的准备到底是什么？"

"那个嘛……简单来说就是观众数量。"

"你还设定了目标人数吗？"

"单纯的人数众多是没用的。毕竟今后我们很有可能会遇到困难，因此有必要招揽到届时不会被困难击败的人数。"

"困难？"高行正要问那到底是什么，却听到光瑠已经走上了舞台。

几秒钟后，掌声响了起来。

"老公……"不知何时，优美子已经来到了高行身边。她的手指触碰到高行的手背，随后被高行轻轻握住了。

掌声平息下来，周围陷入了片刻的寂静。紧接着，舞台那边传来细微的声音。听起来像长笛。那首曲子高行知道。果然是昨天晚上听过的《波莱罗》。

“老公，有光……”

听了优美子的话，高行点了点头。只见通往舞台的入口处隐约透出了淡紫色的光芒。高行牵着妻子的手走上台阶。他们站在舞台边缘，向光源望去。

“这是……”高行瞪大了眼睛，一时竟不知说什么好。

舞台中央出现了一个光环。定睛一看，那是由十二盏刚才光瑠提到的C-Lamp像时钟数字一样排列而成的。每一盏灯都在发光。那些光的色泽和亮度不断变化着，明灭的规律也在变化。

光环后方可以看到光瑠演奏键盘式电子琴的身影。那自然不是普通的电子琴，而是他这一年间躲在自己房间里不断改造而成的装置。那是除了声音之外，还能演奏光线的乐器。

随着旋律推进，音量渐渐变大，光瑠演奏的动作也越来越大。最关键的是，光的变化也愈发剧烈。十二盏灯各自独立地发出各种颜色的光芒，时而变成红色，时而变成蓝色，时而变成朱色，时而变成绿色，时而变成粉色，时而变成淡紫色。如果用光瑠的话来说，那其中一定还有石竹色、唐红色和浅黄色吧。可是这些颜色并非混乱无序，他能从中感应到某种统一的意志。

《波莱罗》渐入佳境。若换成真正的交响乐演奏，此时应该所有乐器都参与进来了。光环在不断增加亮度的同时重复着明灭变化，并开始出现十二盏灯同时发出白光和同时熄灭的瞬间。

高行发现，自己不知何时已经有了微醺的感觉。他的脑子似乎忘记了如何思考，身体仿佛已经飘浮在了空中。

优美子靠在了他身上，想必也跟他有了一样的感觉。高行支撑着她的身体，按着双眼眼角，把视线移向观众席。

这到底是——

高行喃喃道。一百个，不，至少二百个少男少女站在那儿，沉醉于光的演奏中。他们的脸上都浮现出陶然的表情。在光线的照射下，他们的身影也在变幻着颜色，仿佛受到了光的洗礼。

“今后我们很有可能会遇到困难。”光瑠刚才说的话在高行耳边回响。

# 5

刚走进大门，志野政史感到有人在后面拍了他的肩膀。他回过头，发现穿着藏青色制服的清濑由香正对他露出微笑。

“怎么了？你好像没什么精神啊。”由香向右歪着鹅蛋形的脸颊问道。

如果换作以前的政史，被由香这样搭话必然会立刻感到全身发烫。不仅如此，他也必然无法正视由香的脸。可是现在，他已经完全没有那种感觉了。

“清濑总是精神饱满，我真羡慕你。”他淡然地说。这样的对话对过去的政史来说绝无可能。

清濑由香眯起眼睛瞪了他一眼。“什么意思啊！总是精神饱满，说得我好像笨蛋似的。”

“我真的只是羡慕你啊。”

“真的吗？对了，你到底怎么回事？身体不舒服吗？”由香一本正经地问道。

憧憬已久的清濑由香在关心自己。这在不久前还是难以想象的奢望。

“没什么，我没事。”

两个人并肩走了起来。要到教学楼必须穿过操场。最近经常下雨，到处都是水洼，再加上短时间内有很多学生走过，因此必须非常小心，以免一脚踩进泥潭。

“对了，志野，”走进教学楼后，由香压低了声音，“上回那个音乐会，我还想去，下次是什么时候啊？”

“啊，你说那个啊……”果然是说那个啊，政史心想。这个提问对现在的他来说可谓折磨。

“凉子和薰都觉得那个太棒了。她们还想去。我已经跟她们约好了。所以拜托你，再带我们去一次吧。”

再带我们去一次吧。说这句话时，由香用上了撒娇似的声线。她以前可是从来不屑于做这种事的女孩啊。

“其实现在还在休养。”政史低着头，一边走上楼梯一边说。

“休养？谁啊？”

“演奏的人啊。他说有点累了，想休息一段时间。”

“休息到什么时候？”

“我也不清楚。”

“唔，真的吗？唉，我还得跟薰她们解释一遍。”由香扫兴地说完，又把脸凑了过来。政史闻到她头发上的香味，心跳不受控制地加快了。“哎，志野，不如下次帮我介绍一下吧。”

“介绍？光瑠吗？”

“没错没错，他是叫光瑠吧。嗯，我想让你帮我介绍介绍。”由香睁着大大的眼睛说。

“可以是可以……”

“真的？一定要啊。我们约好了哦。”说完，由香好像看到朋友走在前面，对政史留下一句“再见”，便快步跑上了楼梯。

政史抬头看着她的背影，默默地想，如果下一场音乐会不早点举行，那个笑容可能不会持续太久吧。

大约两周前，政史听到由香跟一个叫薰的朋友正在谈论某个神奇的音乐会。

“光乐家？那是什么啊，跟我们上课的科目有关系吗？”他听到由香在斜前方的座位上笑着说。当时正值课间休息，外班来了一个女生站在她旁边。政史后来才知道，那个女生的名字叫薰。

“你说什么呢，当然不是啊。据说是用光来做什么事情。”

“做什么啊？”

“该说是演奏，还是音乐会呢？总之啊，听说那个很漂亮呢。而且不仅是漂亮……”说到这里，她弯下身凑到由香耳边说了些什么。

“真的吗？”

“据说是真的哦。感觉很舒服。”

“嗯……”由香略显疑惑地点了点头，“那么，你想去看看？”

“是啊，可惜没人介绍。跟我说这件事的那个女生自己也没去过，是听朋友的朋友说的。”

“啊，什么嘛。那听起来有点假呢。”

由香话音未落，那个外班的女生就一脸认真地摆起了手。“应该不是假的。只是据说那里管理特别严格，不是每个人都能参加的。而且是在半夜举行。至于地点嘛，就在我家附近，由香可以到我家去睡。最重要的问题是没有人介绍。”

由香又“嗯”了一声。这次的声音跟刚才有点不一样了。

“我就想啊，由香你会不会知道点什么呢……不过看来你是不知道了。”

“我怎么会知道啊，听都没听说过。”

“是嘛，我本来还指望由香你呢。”女生又遗憾了好一会儿才离开了教室。

政史在旁边听着她们的对话，暗想，这就是机会啊。他开始等待由香一个人待着的时候。进入午休后不久，绝佳的时机就出现了。政史叫住独自走在走廊上的由香，告诉她自己可以想办法带她去光乐家的音乐会。

“讨厌，你都听到了吗？”由香露出了不悦的表情。

“我又不是故意偷听的。”政史指着耳朵笑了笑，“我只是想，如果你们真的想去，我倒是可以帮帮忙。莫非你其实不太想去？”

“那倒不是。你说的那个音乐会真的好玩吗？据说要有人介绍才行啊。”

“真的啊。当然，你也可以选择不相信我的话。”

“等等。刚才那个女生，她叫薰。我先跟她商量商量再回答你，可以吗？”

“嗯，可以啊。”

政史话音未落，由香就快步离开了。但她很快又停下脚步，转过头来。“没想到志野会主动跟我说话。真是人不可貌相啊。”

“如果这能改善你对我的印象就好。”

“对，是改善了。”说完，由香再次转身离开了。

我真的变了啊，政史当时想。以前一直很在意的那个人的眼神，如今他已经完全不会过分介怀了。既不会纠结于琐碎小事，也不会一天到晚愁眉不展。简单来说，就是他再也不会害怕了。他甚至感到奇怪，自己一直以来究竟在害怕什么。

当然，政史是知道原因的。多亏了那道光。自从与白河光瑠相遇，沐浴在他演奏的光芒中，杂念渐渐从脑子里消失，一切开始好转。看着光芒，自己会沉醉其中，仿佛灵魂已经脱离了肉体，上升到更高的境界中。那应该能称为自我超越吧。而演奏结束后，他又会感到全身的神经都受到了洗礼，很容易就能够集中精神，活力也愈发高涨了。政史的成绩实现了飞跃式的进步。他感觉自己什么事情都能做好。

叫住由香那天放学后，由香主动找到了政史，让他带她们去看光乐家的音乐会。

“二班的薰和凉子也想去，可以吗？”由香用讨好的目光看着他。

当然没问题啊，政史回答。

第二天晚上，政史一个人离开了家。因为总是坚持要送他去的母亲今天正好外出旅行。他觉得这样更好。就算母亲不出去旅行，他也觉得该拒绝她接送了。他在二十四小时营业的便利店里跟由香等人碰头，一起前往会场。

“哇，原来这里这么壮观啊！”这就是由香见到会场后的感想。紧接着，她又对负责看守的暴走族感到震惊，面对伸手不见五指的建筑内部表现出了明显的不安。可是，给她们带来最大冲击的，终究还是光瑠的演奏。

即使在演奏结束后，由香等人都许久没有动弹。政史也沉浸在强烈的恍惚中，但那几个女生头一次沐浴在光乐中，受到的影响似乎是根本无法想象的。许久之后，她们脸上依旧是一副如梦似幻的表情。

后来，由香开始特别亲近政史。想必是因为光乐给她带来的感动过于强烈，连带她去会场的政史在她心中的形象也得到了美化。

又或许，其中还包含了一点拥有同一个秘密的同伴意识。不管怎么说，为了保住由香好不容易才对他产生的好感，那个音乐会是不可或缺的。

可是，现在情况出现了一些变化。

那座在建的市民中心里已经不会再举办音乐会了，连那个神奇的发光乐器也被光瑠带走了。

光瑠的说法是，迟早会有政府的工作人员进入这里。至于光乐演奏，因为一些人的父母看过了，现在已经在市中传开。这些传闻迟早会让政府的人知道。届时他们一定会对自己浪费税金的事实敷衍了事，出手阻止孩子们擅自进入未完工的建筑，理由无非就是这里很危险、不能进去、这里还在建设、最近正准备让工程重新开始之类吧。可是在罗列了那些理由之后，他们一定又会把留作工程建设用的电源切断，最后还会封锁人们能够进出的地方，并监控一段时间。总之，对于没有记录在自家工作指南上的事情，那帮人表现出来的是彻头彻尾的嫌恶。

光瑠还说，跟那种人争论只不过是浪费时间，反倒是不跟他们碰面更为妥当。而且对他们来说，碍事的小孩子在自己动手之前主动离开，肯定是求之不得的好事。

很快，事实就证明了光瑠的预想是正确的。撤走乐器三天后，他们就听说市政府的人来调查市民中心了。政府职员们似乎证实了有人擅自使用过那个地方，但后来并没有把事情闹大，恐怕是担心市民们会重新关注这座由于计划不周全而使得税金全部打了水漂的烂尾楼吧。

现在的问题是，今后音乐会该在什么地方举行。暴走族——蒙面破坏神的人说会去找找无人使用的舞台，可政史并不知道他们的进度如何，但目前也只能靠他们了。

政史已经超过一周没有接触光瑠的演奏了。除去此前被父母禁止深夜外出的那段时间，他还未曾有过如此漫长的等待。要等到什么时候，到底什么时候才能再次目睹那绚烂的光之旋律呢？即使没有由香的催促，政史也一直在焦急地等待着下一场音乐会。

政史的班级教室在三楼。他坐在第四排靠窗的位置。

第一节课是数学课。政史握着自动铅笔，看着老师的脸，准备记笔记。数学老师两只眼睛圆溜溜的，面相有点凶，看起来就像扁鼻子的天狗。

“下面来讲存在于这个空间，与直线 L 直角相交，通过点 P 的平面的公式导出——”

老师语速飞快地说着什么。政史试图认真听他说话。可是待他回过神来，却在想其他无聊的事情。老师早已讲起了别的内容，他只能慌忙翻动教科书。得好好听讲，好好上课。尽管他心里这么想，意识却无法一直集中在老师说的话上。他总是一不留神就开始想别的事情，紧接着集中力就消失在九霄云外了。

这段时间，他开始缺乏注意力了。无论做什么都无法持续很久。而且每天都很烦躁，回到家后也无法安静地坐在书桌前学习。现在也一样，他的注意力一下子就被后面讲悄悄话的同学吸引了。

政史很清楚，这是因为他太久没有沐浴光乐了。此前他被禁止深夜外出时也出现过这种情况。所以今早由香说他没什么精神，其实是戳中了他的痛处。

他突然想，莫非自己的身体已经变得没有那些光就一无是处了吗？这个想法让他心里一沉。

不可能，这怎么可能呢！只是因为那些光让他得到了太多好处，自己才会这样想的——政史强迫自己抛开那种想法。他努力凝视着老师的脸，试图将注意力集中在课堂上。

突然，老师的鼻尖发出了红色的光芒。

政史瞪大了眼睛。那个光点渐渐扩大，很快就包裹了老师的全身。紧接着，光变成蓝色，很快又变回红色。从红色到蓝色，从蓝色变回红色。颜色变幻的频率一点点变快，最后两种光混合成了紫色的光芒。

这到底是什么？政史脑中并没有蹦出这个想法。他只是呆呆地看着眼前变幻的光芒。在他感到不可思议或异常之前，首先出现在脑海里的反应，竟是对那美丽光芒的感慨，和想要融入那道光芒的心情。紫光在向他靠近。他依旧呆呆地注视着那道光。

“喂，志野！”光芒中传来一个声音，“喂，你怎么了？发什么呆呢！”

政史的身体被猛烈地摇晃了一下。光芒迅速消失，当中露出了数学老师的面孔。“啊，老师……”

“你到底怎么了？出了一头汗。”

“呃……”政史摸了摸脸。掌心沾满了汗水。他自己也不知道发生了什么事。

“喂，你没事吧？”老师注视着他的脸。

“嗯……我没事。”政史取出手帕擦了擦额头，余光看到清濑由香正回过头，担心地看着他。

那天放学后，政史收到了一张明信片。看到寄信人的名字，他猛地松了口气。那上面写着三个字——光乐家。明信片背面写着几行字。

时间　六月三十日（周二）晚九点

地点　白鸟公园露天舞台

（雨天中止）

# 6

小家辉美正在房间写作业，门外传来母亲的声音。

“你总是那样说。我是为了咱们一家人才这么做的，你就别唠叨了。对你来说，到底谁才是你的家人？肯定不是我和辉美吧。你说的只是你自己和那个老太婆吧？”

声音宛如指甲刮擦黑板一般刺耳。辉美放下自动铅笔，双手捂住了耳朵，但还是能听到母亲的声音。

“你倒是说点什么啊！到底谁更重要？给我说清楚！”

那个窸窸窣窣的声音应该是父亲的吧。祖母不在，她在自己房间吃完午饭后就出门了。祖母这段时间都没有跟他们一起在餐桌旁吃饭。

双休日太讨厌了，辉美心想。因为大家都不得不聚在一起。如果是平时，父亲会去公司上班，母亲最近也会出去做兼职，用赚来的钱去上文化学校。最重要的是，她自己也能逃到学校去。与此同时，她心里也在反省，一直这样逃避是不行的，不能在这种小事上认输。这种心情在看完光瑠的演奏后会变得格外强烈。她每次都能得到鼓励，获得勇气，觉得自己能够熬过任何困境。

只是，她已经将近十天没有看过光瑠的演奏了。那种感动的余韵已经越来越淡薄，让她觉得自己可能又要崩溃了。好想见光瑠！好想看光之旋律！之前说好了只要定好音乐会日程，就会通知几个主要成员，可是辉美并不确定自己是否也在其中。

咣当！不知何处传来破碎的声音。紧接着是父亲的怒吼和母亲歇斯底里的抗议声。

辉美站起来，蜷缩到床上。她掀起床上的棉毯，盖在头上。她不想听到任何声音，不想看到任何东西。现在她想要的，唯有那光的交响乐。

光瑠，快来，快来救我——她在心中呐喊。

那天晚上，辉美听到了许久未听到的摩托车引擎声。但那并非一队人马，听起来只有一辆摩托车在四处奔驰。她走到阳台上，想看一看，但只听到远处引擎的回响，看不到骑手的身影。

那一定是蒙面破坏神的人，辉美心想。自从目睹了光瑠的演奏，他们就表示“这比飞车还刺激”，只是如今不知何时才能再次欣赏到那样的演奏，想必他们也只能重新回到暴走这条路上了。

“快点啊。”辉美喃喃着看向天空。她吃了一惊。尽管已经许久没有仰望夜空，但她从不记得自己看到过如此多的星辰。她下意识地揉了揉眼睛。

因为我想要光——她脑海中突然闪过这样一句话。

第二天，辉美收到了音乐会的通知。这让她感到狂喜。意识到自己也是主要成员之一的喜悦，以及终于能够再次沐浴在光之演奏中的期待混杂在一起。她捧着明信片回到房间，在日历上做了个大大的记号。

那段等待的日子对辉美来说漫长得可怕。父母的矛盾依旧没有化解，使她每一天都沉浸在阴郁之中。辉美严肃地想，若没有音乐会的日程，她恐怕已经精神错乱了。实际上，她确实一度精神恍惚地走到阳台上，再次茫然地想象自己的死状。最后她转念一想，要是死了就再也见不到光瑠了，才勉强阻止了自己。

最让她担心的是天气。每次想到那行“雨天中止”的备注，都会让她感到胃部一阵抽痛。她只能一门心思地祈祷千万不要下雨。

祈祷应验了，音乐会当天晴空万里。辉美只向父亲打了个招呼便离开了家。这段时间他们对女儿的行动已经不怎么干涉了。

从辉美家到白鸟公园乘坐公交车要三十分钟。她在车站等车时，一辆黑色摩托车停在了面前。头盔下露出的是相马功一的脸。

“你要去，对吧？上车吧。”他指了指身后。

辉美点了一下头，毫不犹豫地跨上摩托车，抱紧了功一。她全然没有坐在暴走族摩托车上的感觉。对她来说，他们已经是比其他任何人都值得信任的同伴了。

“走了。”功一戴上头盔，发动引擎。辉美感到身体被向后拽去，抱住功一的手臂又添了几分力气。

白鸟公园是当地有名的赏樱公园。一到樱花开放的季节，附近一些公司的人就会聚集到那里。公园通常还会摆出几个小摊。但除了那段时间以外，它几乎是被人遗忘的地方。据说公园里的人工湖以前还有几只天鹅，现在也已经不见踪影，只剩下一潭脏兮兮的死水。公园里面有个露天舞台，但辉美从未听说过谁在那里开过音乐会或演过舞台剧。她上一次经过公园时，那里已经成了孩子们玩耍的地方。辉美又想，这个露天舞台看来还是有点用处的。因为光瑠会在那里为他们演奏啊。

他们到达时，那里已经聚集了三百多个年轻人。离舞台最近的大都是熟悉的面孔。舞台上也有他们的同伴，正在准备光瑠使用的乐器。

辉美和功一一起走到了第二排座位上。

“最近一直都看不到他的演奏，总觉得有点心烦意乱。”功一凝视着前方说。

“我也一样。”辉美回答，“一遇到讨厌的事情，马上就会心灰意冷，根本提不起精神来。”

“真不可思议。这也证明了那家伙的演奏真的很厉害吧。”

“是啊。真是太厉害了。”

舞台上的人似乎做好了准备工作，纷纷走下台来。紧接着，光瑠从舞台左侧走了出来。他今天穿着T恤和牛仔裤。只见他走到那神奇的乐器后面落座，对旁边打了个手势。几秒钟后，周围陷入了一片黑暗。原本一直亮着的公园路灯全部暗了下来。

辉美抬头看向天空。今天没有云,却看不到月亮。她很快明白了，今天是新月之夜。当然，想必光瑠是特意选择这一天的吧。

光之交响乐开场了。

# 7

纸杯里的咖啡摇晃出细细的波纹。那是因为他的指尖在轻颤。他试图控制自己的颤抖，却无能为力。政史不知道这是怎么了，他从昨天开始就一直这样。

“哎，好吗？”清濑由香用甜甜的声音对他说。她一定是相信，只要这样，政史就无法拒绝了。“只要一小时就好，只是聊聊天。我都答应他了嘛。求求你，别让我丢脸，好吗？”

放学后，由香主动找到他，约他到咖啡厅谈点事情。她要谈的事情，是接受杂志的采访。原来由香认识一个自由撰稿人，而那个人正在关注光瑠的音乐会。

“我可没什么好说的。”

“无所谓。总之你只要说说那到底是什么样子的就好了。你等等，我把他叫过来。”可能是担心政史改变想法，由香匆匆忙忙地走出了咖啡厅。

对于媒体找上门来时的应对方法，光瑠已经事先对他们做出了指示。简而言之，就是不要耍小聪明。接受采访时，只要老老实实说出自己的感受即可。

可是，我该如何表达那种无与伦比的感觉呢？政史望着咖啡店窗外，心里默默地想，今天应该无须担心天气突变。下周会不会也是这样的晴天呢？下周二。

他们决定每周在白鸟公园举行一次音乐会，如今已经过去了三个月。前来欣赏的观众渐渐增多，现在已经接近一千人了。因为只要来过一次的人，就会想来第二次。而经历过两三次那种体验的人，最后无疑每次都会到场，从不缺席。

当然，政史迄今为止也从未缺席过，甚至在暑假期间也是一样。他总觉得，一周时间实在是漫长得让人难以忍受。音乐会定在每周二举行，可刚到周日，他就会感到全身的血液都在沸腾。这周的音乐会因为下雨而中止了，一切只能推到下周。之前也有过几次这样的情况，每次政史都会感到一种难以言喻的倦怠感。现在也一样。他觉得距离下周二的时间漫长得令人绝望。

不一会儿，由香带着一个男人走了进来。那个人穿着短袖外套，袖口露出粗壮的手臂，被阳光晒得黝黑，年龄在三十岁左右吧，深色墨镜和褪色牛仔裤都让政史感到这个人非常做作。

男人自称芹泽，他提出的第一个问题，便是那个所谓的光乐家究竟是什么人。

政史微微一笑。“我只知道他的名字叫光瑠，跟我一样是高中生，其他就不清楚了。”

“你是怎么认识他的呢？”

“那说起来话就长了。”

政史简单地说了说头一次见到那道光的情形。孩子们在光的引导下聚集到一起，这样的话应该让人难以置信吧。芹泽做笔记的表情也很是讶异。

“那道光究竟蕴含着什么力量呢？那个叫光瑠的同学对你们解释过原理吗？”

政史摇了摇头。“原理是什么都无所谓。总之只要看着他的演奏，就能感到全身舒畅，仿佛心灵得到了涤荡。”

“会变得轻飘飘的。”由香在一旁说，“好像心灵从身体里跑了出来，然后脑子会变得很清晰，身体也充满了力量。”

“那不就像魔法一样嘛。”芹泽瞪大了眼睛。

“对啊，光瑠确实像魔法师一样。”

“那是不是像脑电波同步一样的东西啊。戴上一种安装了几十个灯泡、能够闪烁红光的眼罩，然后只要全身放松，就能诱发大脑的阿尔法波增加，以此来消除压力。我记得那种治疗也会播放背景音乐。”

听了芹泽的话，政史忍不住苦笑起来。“光瑠说，那勉强可以说是一种幼稚的装置吧。”

“幼稚啊。原来如此。”芹泽耸了耸肩，随后探出身子，“我听由香说，那东西只要体验一次就会上瘾。只要一段时间不看那个……光之演奏，整个人就会变得很奇怪。”

“我可没说过那种话哦。只是会心烦意乱、坐立不安而已。”由香抗议道。

“真的吗？总之是会出现那种戒断反应，对吧？”

“戒断反应……”由于从未以那种视角来看待这个问题，政史一时间不知如何是好。“那不一样。”他回答道，“是因为演奏实在太精彩了，让人很想再看一遍，很想早点再看一遍。仅此而已。如果非要把这个说成戒断反应，也许也能这么说吧。”

“真的仅此而已吗？”

“什么真的假的？”

“芹泽先生，你到底想说什么？”由香略显警惕地问。

“不，我没什么别的意思。只是啊，我对那种会上瘾的感觉很有兴趣。从刚才的话来看，应该不仅仅是看了演奏深受感动，而是让人感觉有种类似毒品的魅力。”

“毒品？”

“啊，是我失言了。”芹泽慌忙摆了摆手，“这个例子举得不好。我收回刚才的话。对了，能让我也看看那个音乐会吗？我觉得只有亲眼看过才能真正理解。”

“要看是你的自由，因为所有人都能来看。下周二晚上九点，在白鸟公园举行。”

芹泽记下时间地点，又说：“那就让我亲眼见证一下吧。”

当天回到家后，政史接到了由香打来的电话。

“对不起。今天的采访感觉有点糟糕吧。”听筒另一端传来由香的声音，她惭愧地说，“我没想到他会说那种话。你没生气吧？”

“没什么。”

他们又聊了一会儿才挂断电话。憧憬已久的清濑由香主动打电话给他，这对现在的他来说，已经不是多么值得激动的事了。

不过这天晚上，他感到身体异常疲惫，无论干什么都提不起劲来，甚至不愿意思考，吃完晚饭就早早地钻进了被窝。他一动不动地凝视着天花板。突然，天花板一侧发出了红光。紧接着，红光仿佛落在清水中的墨汁般，迅速扩散开来。他呆呆地看着，却见红光突然被一侧墙壁吸了进去。

戒断反应、毒品……那几个字眼瞬间浮现在脑海中。

# 8

刚进入十月没多久，蒙面破坏神的首领宇野哲也突然找到相马功一，说："跟我来一下。"他并没有说要去哪里，意思应该是让功一少说废话，跟过来就行了。

两人各骑着一辆摩托车，向他们居住的城市中心区驶去。这里的道路很宽敞，但还是被商用车和卡车堵得水泄不通。最近这段时间，附近多了不少高层建筑。

哲也在一座新建成的酒店大楼背后停下了车。那栋大楼看起来至少有二十层高。功一在他旁边停了下来。哲也抱着头盔，从后门走进了酒店。

"有谁住在这里吗？"功一跟在哲也后面问。

"跟我来就好。"哲也一直下意识地舔着嘴唇。

两人走到电梯间。八台电梯正不停歇地运作着。这里似乎有人在办婚礼，一群穿着礼服和留袖和服的人挤进了电梯。

不知何时，他们旁边出现了一个膀大腰圆的高大男人。他面无表情，五官如同刻刀雕刻而成。面无表情的男人似乎在看着哲也。

不一会儿，他们面前的电梯门打开了，哲也用下巴指了指电梯，示意功一走进去。功一走了进去，哲也和大个子男人也跟了进来。

电梯的层数按钮一共有二十层。大个子男人并没有碰那些按钮，而是将一把钥匙插进了操作屏上方的钥匙孔里。紧接着，一个十厘米见方的小门打开了，里面纵向排列着两个按钮，男人按了上面那个。做完这些动作后，他把小门关上，用钥匙上了锁。

“VIP专用。”哲也小声说。男人瞪了他一眼，仿佛在警告他少说废话。

他们在二十二楼走出了电梯。男人先迈开步子，功一与哲也一道跟了上去。走廊上铺着极具质感的褐色地毯，绒毛长而松软，让人有点不好意思穿着鞋踩上去。功一好奇地四处张望。这里连壁纸的质感都比下面的楼层好上许多。

男人在走廊尽头停了下来。出现在他们眼前的是一扇看似沉重的门。男人敲了敲，门发出厚重的声音。

不一会儿，门缓缓打开了。门后走出一个穿着黑色修身西装的女人，戴着一副细金丝边眼镜。功一觉得她应该有三十岁左右。

女人对大个子男人点了点头。男人的工作似乎在那一瞬间便结束了，只见他转过身来，沿着刚才的路走了回去。由于地毯的缓冲，完全没有听到他的脚步声。

“请进。”女人先后看了看二人，然后把他们请进了房间。里面空荡荡的，除了似乎是她在使用的办公桌外，就只有一张放置电脑等办公自动化设备的桌子。房间深处还有另外一扇门。

“宇野先生来了。”女人按下办公桌上的对讲器说道。

里面传来一个低沉的男人声音：“请他进来。”

女人用目光示意二人跟过来，随后打开了里面那扇门。功一跟在她和哲也身后，也走了进去。

宽敞的房间中央有真皮沙发，上面坐着一个男人。他身穿一套泛着光泽的深绿色西装，年龄应该在四十五岁上下。这个男人并不胖，但是身材高大，脸也又长又大，五官深邃，浓密的头发整齐地向后梳着，整个人散发出一种不太像日本人的气场。

“可以了，你回去工作吧。”男人对女人说。女人欠了欠身，转身离开了房间。待她走出去之后，男人对功一两人说：“过来坐下。”

他低沉的声音似乎能震透人的五脏六腑，语气却很平和。见哲也在男人对面落座，功一也跟他并排坐了下来。

“我没见过你。”男人看着功一说。

“他姓相马，是我的副手。”哲也介绍道。功一郑重地低下头，做了自我介绍。

“嗯。我叫佐分利。”说完，男人把手伸向西装外套的内侧口袋。功一以为他要掏名片，事实却并非如此。他掏出来放在桌上的，是从杂志上撕下来的一份图文报道。

“你看过这个了吗？”佐分利问哲也。

“看过了……”哲也回答的声线有点颤抖。

那是上周发行的周刊杂志，上面刊登了对光瑠音乐会的首次采访，功一也有一本。采访的大标题是“吸引上千个孩子的光之魔术师”，还附上了白鸟公园音乐会的大幅照片。

“这已经成了热门话题，还上了电视新闻。是这周日的事情吧，那则新闻我也看了。虽然播放的时间很短，但确实很不可思议。”

杂志刊登了那次采访后，民营电视台马上提出了采访请求。他们以不挖掘光瑠个人信息的条件接受了采访。据说新闻的反响热烈，又有两家电视台先后提出希望拍摄特别节目。目前是由功一和哲也二人负责接洽，他们准备先和光瑠商量该怎么办。

“超越了音乐的光乐吗？愉快，这真让人愉快。”佐分利以丝毫听不出愉快心情的语气说完，又问哲也，“这上面写的暴走族，是指你们吗？”

“对不起。那个……我也觉得这件事应该早点说出来。可是怎么说呢，因为这点小事专门过来汇报又怕给您添麻烦……”那个平时在功一等人面前极具威仪的首领，现在显得惊慌失措。

“我之前已经听说你们在搞奇怪的事情，但一直以为只不过是小孩子的把戏，没有特别关注。毕竟我当时认为，那只不过是哪个爱出风头的小孩子在耍猴戏罢了。”

“您一点都没说错。”哲也慌了神，豆大的汗珠从他额头上滑了下来，“那不是什么了不起的把戏，只是小孩子在玩耍罢了。我们也只是跟着他胡闹而已。”

佐分利似乎并不相信。待哲也把话说完，他从桌上的烟盒里取出一根香烟，用配套的水晶打火机点上了火。“为什么要打马虎眼？”

“不，我没有……”哲也摇着头。

佐分利却视若无睹，继续说道：“其实在找你们之前，我就派公司员工去打探了组织里其他成员的情况。为的是确认这上面写的究竟是不是真的。”他用夹着香烟的手指了指桌上的报道。对于“这上面写的”究竟是什么，功一也已经猜到了。“然后我们搞清楚了，那个所谓光之演奏，是个很了不得的东西。”

“不，其实也没什么……”

“别在我面前耍花样。听好了，我拿到的报告是这样的。凡是去看光之演奏的人都会上瘾，一旦过长时间不看，就会出现戒断反应。据说他们的身体会变得疲惫而沉重，做什么事都提不起劲来。可是只要一看演奏，就会精神饱满，充满行动力。喂，不觉得这跟什么东西很像吗？你们怎么想？”

面对佐分利提出的问题，哲也一言不发，抱着胳膊坐在沙发上。佐分利则满脸笑意地轮流看着两个人的脸。

“这就是毒品啊。除了毒品还能是什么？难道不是吗？”

“不是的。”功一不假思索地说，“因为那不会对身体造成伤害。”

佐分利听完，微笑着吸了一口香烟，随后吐出灰色的烟雾。“对身体有没有害，这跟我们没有任何关系。我所说的毒品，是能够进行交易的药物。”说完，佐分利看向哲也，“怎么样，哲也，你也觉得那是毒品吧？”

哲也低着头一动不动，但他也知道如果不回答，就难以摆脱这个局面。过了一会儿，他小声说：“可能是吧。”

“你一开始就应该老实说出来嘛。”佐分利心满意足地点着头，“下次把他带来。”

哲也吃惊地抬起头。“啊，把谁……”

“还用问吗？当然是那个光乐家少年啊。”

“恕我冒犯，那个，我想说，请您放过他吧。那家伙只是个普通的高中生。”

“放过他是什么意思？我又不是要把他吃了。当然是找他有事才要你把他带来啊。”

“可是……”

“哲也，”佐分利收紧下巴，盯着少年的脸，“我至今为止给了你们不少关照吧。我给你下的指令是，将深夜徘徊的人们统领起来，还把新人类这种手段教给了你。对你目前为止的成绩，我表示十分赞赏。你干得很不错。如果你只是放弃了以前的活动，找来那个光乐家来摸索新的道路，那完全没问题。我反而举双手支持。更何况这个所谓光乐的东西，看来比破坏主义带来的效果要大得多。但是，如果你的行为中包含了对我的背叛，那我可就不能放任不管了。”淡然的语气反倒更让人胆寒。

哲也脸上全无血色。“专务，我怎么会背叛……”

“我相信你。让我见见那个少年，好吗？如果你做不到，”佐分利把五官深邃的脸转向功一，“那我就拜托相马吧。相马一定不会拒绝的。”

功一正要开口表示自己也不太愿意，哲也却抢在他前面说话了。

“那个，我会想办法的。一定会让专务您满意。”

“我就知道你会这样说。”佐分利按下桌上的对讲器按钮，“宇野他们准备回去了。”

几秒钟后，门开了，那个女人走了进来。功一跟着哲也站了起来。

“啊，我还忘了说一件事。”佐分利对跟在女人身后准备离开的他们说，“刚才说的光之演奏会，暂时先停下来吧。我准备下回亲自主办。”

“啊，可是就像佐分利先生您刚才说的，如果没有那个，很多人都会受不了。”

“那你就快点让我见到那个光乐家少年。”

“还有，呃，电视台也找我们说想做特别节目……”

“我知道，那边我来想办法。这不是你们需要操心的事情。”

佐分利动了动手指，年轻女子用笑容催促他们离开。两人只好走出了房间。

“我真不知道你还有那样的后台。”离开酒店后，功一说了一句。

哲也露出自嘲的苦笑。“不然，你以为土炸弹的费用是我用私房钱支付的吗？”

“被你这么一说还真是。不过……那人到底是谁？”功一竖起拇指，指向酒店上方。

“我也不太清楚，只知道他把这座酒店顶楼的房间包下来了，每个月都会到这里来几次。那个大个子保镖和女秘书每次都会跟他一起来。”

“他到底是做什么的？黑社会吗？”

“虽然不是彻头彻尾的黑社会，但好像也有点关联。”

“你到底是在什么地方认识那种人的？”功一问。

“不是在什么地方认识的。人家一早就知道我了。那时我还在当旧人类的首领，有一天，他突然来到我租的房子，问我要不要创建新人类暴走族。”

“为什么？”

“我也不知道。刚才佐分利先生也说了，他只对我说把深夜徘徊的人统领起来，还说会给我出资。”

“于是你就创建了蒙面破坏神？”

“我本来就对以前那些暴走族的做法有点厌恶了，觉得那是个绝佳的时机。可是当时佐分利先生还对我说了这样一句话：‘为什么要让我做这种事、你们的目的究竟是什么、你们究竟是什么人，这些事情绝对不能打听。’”

“那也太可疑了。”功一说，“原来我们只是被利用了吗？我根本没想到，蒙面破坏神是那种可疑的团体。”

“你要到哪儿去找一点都不可疑的暴走族啊。”哲也自嘲地说。

“喂，等等。这样一来，除了我们之外的新人类又是怎么回事？

其他地方的新人类暴走族不也正在增加吗？”

“估计那些也是按照佐分利先生的意思组织起来的。”哲也若无其事地说，“同样的新人类在同一时期，从各地如同雨后春笋般冒出来，这种事绝对不正常。”

“现在新人类可是遍布全国啊。”

“那应该意味着他的影响已经遍及全国了。”说完，哲也又摇摇头，“搞不好是全世界。”

功一不由自主地闷哼一声。“那个叫佐分利的人，究竟是什么来头？”

“不是说了千万不能打探吗？”说完，哲也看了看周围，又往功一身边凑了凑。“老实说，我跟一个其他地区的新人类首领谈过话。他说，佐分利先生后面其实还有一个人。”

“还有一个人？”

“对。佐分利先生好像管他叫‘会长’。”

“会长？到底是谁啊？”

“我怎么可能知道。不过可以肯定的只有一点，那个会长是整个日本信息产业界的大人物。他在电视和出版界是出了名的幕后主使人。”

功一摇摇头，表示无法理解。“那种人跟暴走族有什么关系啊？”

“我也不知道啊。”哲也烦躁地说。

功一正要戴上头盔，随后转念一想，又问哲也：“光瑠那件事到底怎么办？他们肯定是想靠光瑠来捞钱，把他当成海洛因啊大麻一样的毒品来利用。你真觉得那样也无所谓吗？”

哲也跨上摩托车，长叹一声。“就算我不把光瑠带来，你也会吧？”

“我才不会听那种人使唤。”

“不，你肯定会。”

“不会。我绝不会出卖光瑠。”

“真到了那种时候，你一定会的。一旦我无视了他们的命令，第二天你就会被再次叫到这里。然后，你会目睹他们是怎么对待我的。这样一来你就会吓得屁滚尿流，对他们唯命是从。”

“怎么会这样……”

“你这家伙什么都不懂，真是太幸福了。”哲也发动了摩托车引擎，继续说道，“刚才不是跟你说，另外一个团队的首领对我说了有关佐分利先生的事吗？那人后来还想继续打探佐分利先生的事情，就选择了跟踪。你猜结果如何？”

“怎么样？”

“我们不知道究竟发生了什么，但确实有事情发生了。总之，那家伙现在连佐分利先生的发色都不想知道，已经成了穿着摩托车外套的忠诚化身。”

功一又紧张地吞了口唾沫，可是没有成功。他感到嗓子干得要冒烟。

哲也又补充道：“这个世界上，有太多拷问是我们从来都没听说过的。”说完，他戴上了头盔。

“虽然不至于被杀，但肯定不会被轻易放过。”听了哲也和功一的话，光瑠极为淡定地说。他们正坐在距离光瑠家步行十分钟远的咖啡厅里。“说得也没错，这个世界上还有很多很多我们闻所未闻的拷问方法。”光瑠的语气仿佛在预测明天的天气。

“说到底，还是只能对他们唯命是从吗？”功一轮流看着表情严峻的哲也和一如往常的光瑠。

不一会儿，哲也抬起头来。“我决定到外面躲一段时间。”他对光瑠说，“在事态平息下来之前，躲到很远的地方……他们找不到的地方去。这样一来，光瑠和他们的联系就切断了。”

功一听完，惊讶地凝视着哲也的侧脸。因为他一直以为哲也打算服从佐分利的命令。

“你那是什么表情？我怎么说也还残留着一点健全的精神啊。”哲也察觉了功一的目光，苦笑着说。

“谢谢。”光瑠也笑了，“不过你没有必要逃走。”

哲也“呃”了一声，缓缓摇起了头。“光瑠，我知道你这家伙聪明得可怕，但这次的对手不是你能对付的。”

“我不会说那种大话。不过哲也啊，既然对手如此强大，你想逃也绝非易事。对他们来说，将你找出来简直易如反掌。你不觉得一旦被发现，面临的状况会比现在还可怕吗？”

“话虽然是这么说……”

“那你说该怎么办？”功一问。

“很简单。只要我去见那个叫佐分利的人就可以了。”

“喂，光瑠。你到底懂不懂啊！跟他们见面，意味着你的艺术会变成他们捞钱的工具啊。”

光瑠不可思议地看着哲也愤怒的表情。“艺术不被当成赚钱的工具，这种事情历史上从未出现过，只要人们认同那是一种艺术。难道你们会认为，进美术馆可以免费吗？”

“可是他们极有可能不是什么正经人，”哲也说，“他们手里的钱也不是干净的钱。我不希望你那非凡的艺术被那种东西玷污。”

光瑠还是摇了摇头。“没问题的。光乐不会如此孱弱，它是在更高境界逐渐确立起来的东西，正如音乐已经在更高境界获得了地位一般。”

“你之前说，我们今后将会遇到许多苦难。你当时说的就是这个吗？”

听了功一的话，光瑠非常意外地瞪大了双眼，随后笑着摆了摆手。“怎么可能！这种事情根本称不上苦难。目前为止，我们的道路都顺畅得可怕。其实我倒是感觉，这种情况才是正常的呢。”

“顺畅？我们不是给你拖了不少后腿吗？”

哲也说完，光瑠对他笑了笑。“你觉得我把蒙面破坏神拉过来，是没有经过任何考虑的举动吗？”

“呃……”

功一忍不住与哲也面面相觑。

与此同时，光瑠从椅子上站了起来。“好了，我们走吧。”

“走……到哪里？”哲也茫然地问。

“刚才不是说了嘛，去那个叫佐分利的人那里啊。正好也有人来迎接了。”说完，光瑠把目光转向咖啡厅入口。

功一随着他的目光看过去，发现在酒店见到的大个子男人正朝他们缓缓走过来。

# 9

怎么回事？究竟发生什么事了？

志野政史在床上辗转反侧。进入十月后，光瑠的音乐会连续停了两次，而且他完全不知道理由，每次只是收到一份通知：“音乐会暂时休止，一旦准备重开会立刻通知。”

休止到底是什么意思？政史不知道该如何联系光瑠。能够与光瑠联络的人，只有蒙面破坏神的首领和功一，若政史等人想联系光瑠，必须通过他们。于是他刚才给功一打了个电话，得到的回答却是：“现在是充电时间。你瞧，不是很多艺术家都需要那种时期嘛。”

直觉告诉政史，功一隐瞒了一些事情。可是他不明白，为什么光瑠不惜欺骗他们也要停止音乐会。对许多年轻人来说，每周一次的光之音乐会已经变成生活中不可或缺的一部分。对此，他们心里应该很清楚。

那些人太过分了。政史心中对蒙面破坏神的不满渐渐膨胀。相马功一和首领宇野哲也不过是因为最先与光瑠接触，就把与音乐会有关的操作权都捏在了手中，这让他感到很是不平。确实，在乐器搬运等方面，光瑠需要他们出人力。可政史也是第一批追随者啊。对于光瑠的活动，他应该也有参与讨论的权利才对。

看不到光瑠演奏的不满和对蒙面破坏神的不满叠加起来，让政史愈发燥热难耐。他抓起床上的枕头扔了出去。

就在此时，他听到了敲门声。

“门没锁。”政史说。

房门打开，母亲赖江把头探了进来。“政史啊，爸爸找你有事。还有，他叫你做好出门的准备，在客厅等他。”母亲战战兢兢地说。

“有事？这种时间他要到哪里去啊？”

“好像是你爸爸的朋友那里。所以你快点准备吧。”

“为什么我要去见爸爸的朋友啊？”

“那是因为……”赖江犹豫了片刻，随后坚定地看着儿子，“要给你做身体检查。你最近都很不正常吧，所以——”

“我没有任何问题。”

“那怎么可能呢？最近你总是烦躁不安，毫无理由地乱发脾气，还随意逃课，这些妈妈都知道的。而且，你连饭都不好好吃了，难道不是吗？今天晚饭剩下那么多……政史啊，你最近照过镜子吗？你变瘦了，脸色也很差，怎么会没问题呢？”

“因为我身体没问题，所以才那样说啊。”政史拉起毯子盖在头上，“出去，让我一个人静静。”

“我怎么能让你一个人呢？啊，你变成这样……肯定是因为那个，是那个奇怪的光线催眠术……”

“不准说光瑠的坏话！”政史撑起身子大吼一声。赖江脸上瞬间闪过恐惧的表情，但还是说了些什么。政史不知道她到底说了什么。他只知道母亲反驳了自己，否定了光瑠的演奏，这让他彻底丧失了理智。他从未体验过如此混乱的情绪,从来没有。他无意识地高喊着,完全失去了思考能力，胡乱挥舞着四肢。

“闭嘴，给我安静下来！”父亲秋彦不知何时走进了房间。他究竟是什么时候进来的，政史完全不知道。

“去我包里……拿镇静剂和注射器。”

那便是当时政史听到的最后一句话。

志野秋彦走出脑机能检查室，和朋友小岛英和转移到了旁边的诊疗室。时间是深夜十一点多。统和医科大学附属医院脑神经外科诊疗大楼的走廊一片寂静。

“没有异常。”因为长发和瘦削的身材，小岛看起来远比四十六岁要年轻。他那眼窝深陷的双眼盯着秋彦。“脑波正常，阳电子结果也没问题。你提出的脑内多巴胺过剩活动这个可能性，目前我无法认同啊。”

“就是说，暂时可以放下心来吗？”志野秋彦长出一口气，“不过如果让你看到我儿子那个样子，说不定会提出有精神分裂的征兆。”

“看来相当糟糕啊。除了注射镇静剂的痕迹，那些手足擦伤和额头的伤都能印证你儿子的失控程度。”

“额头？政史额头也受伤了？”

“额头受伤的人是你啊。”小岛指了指秋彦的头部。

啊，秋彦下意识地按住了贴着创可贴的额头。

“根据我的诊断确实没有异常。”小岛重新换上严肃的表情，“只是恐怕也不能再这样放任下去吧。”

“那当然了。”秋彦深深点头认同，“得想想办法。”

“我还是想趁他觉醒的时候检查。脑内出现异常电流说不定需要某种条件才行。”

“你的意思是，必须要有那个光吗？”

“有可能。”小岛点头道，“你看过那个所谓的光之音乐会吗？”

“上回在电视上头一次看到，但没有直接看过。不过我老婆说她看过一次。”

“夫人怎么说？”

“很漂亮——她就是这么说的，还说感觉心好像被吸引过去了。”

“我也看了前几天的电视新闻。确实很漂亮啊，但我还是没搞清楚那到底有什么作用。”

“那就跟兴奋剂和毒品差不多，不会有错。就是一种电子毒品。”秋彦断言道。

“我们研究会的统一见解是，那是一种控制大脑的电子装置，因为一些既存的手法也被验证到了疑似的兴奋效果。只是从未有过像这次一样表现出强烈依赖性的例子。我是说身体的依赖性。”

“说到这里，你那个研究会竟这么早就对光乐报以关心，真让我意外啊。莫非成员中有相关人员吗？”

“不，应该不是。据说是源自于一个外部的调查请求。我感觉肯定有政府官员牵扯在里面。”

“那应该是厚生省了吧。”

“有可能。不过那群猪一样的人竟能做出如此迅速的应对，让我有点难以想象。”

“你们收集到什么资料了吗？”

听了志野秋彦的问题，小岛摇了摇头。“还要看以后啊，毕竟这才刚刚开始调查。而且不知为何，从这个月开始，那个音乐会似乎就没举办过了。”

“不过这也是治好我儿子那种病的良机啊。”秋彦抬起右手挠了挠脸上的胡茬。

“老实说，当我听说政史沉溺于光乐的时候，还高兴了一会儿。因为这样总算能收集到资料了。”

“没想到却是毫无异常。”秋彦抱起双臂浅笑道，“这种心情真够复杂的，没有异常明明是好事啊。”

“我还是觉得有必要对看着那种光时的政史进行检查。届时应该不会出现普通的结果。”从小岛刻意回避了“异常”这个字眼的态度上，秋彦体会到了小岛的友情。“问题在于，他是否会接受检查。”

“我觉得难。毕竟我儿子已经彻底沉湎于光乐了。他觉得光乐就是绝对正义，同样，他对那名自称光乐家的少年也是死心塌地。”

“光乐家吗……”小岛自言自语般喃喃道，“总有一天会成为我们的最终目标吧，那个少年的大脑。”

# 10

这天，小冢辉美的美术课主题是绘制海报。那并非预防火灾的海报或文化祭宣传海报，而是介绍观光胜地的指南。作为事前准备，老师吩咐他们从家里拿来观光地的照片和明信片，将其临摹在画纸上。

“忘记带的人可以找多带的人借。”刚上课没多久，中年女教师对他们说。于是辉美马上找到了旁边的朋友。

“可以啊。反正我带了很多过来。”那个朋友爽快地拿出了一沓明信片。

果然很多啊，还是各种不同的风景名胜。绝大多数都在国内，海外的也有不少。

“每次出去旅行，妈妈都会买回来，结果又没有地方可以寄，就攒下了一大堆。”朋友无奈地说。

她看起来并不像在炫耀自己经常出去旅行。尽管如此，辉美还是不由自主地感到自卑。她之所以没带明信片来，并不是因为忘了，而是家里根本没有。昨晚她一直在家中翻找，直到该睡觉了都没有找到哪怕一张明信片。最后她筋疲力尽地倒在床上，又觉得这是理所当然的。毕竟他们已经好多年没有出去旅行了。别说旅行，连全家人一起出门的机会都从未有过。

今后恐怕也不会有吧。辉美看着从朋友那儿借来的明信片，无奈地叹了口气。

就算没有这些事，她最近的心情也一直很低落。因为光瑠的音乐会又进入了休止状态。距离在白鸟公园看完最后一场演奏已经将近一个月了。这段时间辉美经常难以入眠，有时还会突然有种脱力感。不仅如此，她还会毫无理由地烦躁不安。

辉美翻动明信片的手突然停了下来。那上面的风景，不，色彩猛地跃入眼中。她手上拿的是一张冲绳天空的照片，上面只有两棵椰子树的剪影，除此之外便是一片晴空。那片天空的颜色不知为何触动了她的心弦。没错，这就像头一次接触光瑠发出的那道光时的感觉。

“我就选这张吧。”辉美拿起明信片对朋友说。

“啊，你不觉得那张有点空荡荡的吗？”朋友先是说了一句，随后又凝视着照片呢喃道，“不过颜色真好看。”

“我也这么觉得。”

辉美打开画具盒的盖子，就在那一刻，她感到脑子里好像有一道电流流过。神经变得异常敏锐，就像沉睡的东西突然觉醒了。

她拿起蓝色颜料管，把颜料挤在调色板上。当她看到那个颜色的瞬间——这个颜色只要占整体的百分之三十六即可，然后再加入绿色、黄色和白色……需要混合的颜色飞快地在脑中浮现出来。她把那些颜色依次挤到调色板上，认认真真洗好画笔，随后便开始调色。

“哎呀。”辉美正专心致志地涂抹着天空的颜色，却发现美术老师不知何时站在了身边。“你是怎么调的颜色呀，跟照片上一模一样呢。”

老师看了看明信片上的照片，又看了看她的画。坐在后面的男生也伸长脖子朝她这里看了一眼，小声说：“啊，真的呢。”

“你都混合了什么颜色啊？”老师又问了一遍。

辉美一言不发地看着调色板，上面正好有十种颜色的颜料。

“嗯，的确应该多多尝试。”或许是觉得辉美只是运气好，女教师并没有进一步关注，而是走开了。因为她知道，辉美并没有美术才能。

可是辉美并不认为这是运气好或者偶然。因为不知为何，她就是知道该把什么颜色混多少进去。由于几次尝试失败，导致她最后用了十种颜色，而她现在已经发现，实际上只需六种颜色就能混合出这个颜色了。

老师在教室里巡视着其他学生的作品。她看着老师身穿山吹色上衣的背影——黄色、橙色、绿色、少量紫色，然后……跟刚才调天空颜色时一样，她瞬间便得出了颜色的占比。她把那些颜色的颜料挤到调色板上混合起来，最后调好的颜色无疑就是老师外套的颜色。

我这是怎么了？辉美呆呆地看着画笔尖，然后又把它洗干净。

放学后，她跟两个朋友走出学校大门，没走多远，一辆摩托车突然停在了她们身边的机动车道上。由于动静实在太大，三人不由自主地停了下来。

“辉美。”戴着头盔的骑手叫了一声。那是相马功一的声音。因为早已猜到是他，辉美并没有感到十分惊讶，身边那两个普通的初一学生好像吓了一跳。

功一竖起拇指指向身后，示意她坐上来。由于他从来不会在她放学时过来，辉美很快便想到可能是因为光瑠。

“抱歉，我突然有点事要先走了。”

直到她说完，那两个朋友也只是一脸呆滞地站着。辉美不等她们回答，便跨上了摩托车后座，从背后抱紧功一。功一马上发动引擎出发。那两个朋友惊得嘴巴都合不拢的样子实在太好笑，辉美忍不住大笑起来。她觉得自己好像很久没笑了。

两人到达白鸟公园，辉美感到了瞬间的狂喜。她以为今天会有光瑠的音乐会。可是功一停下摩托车摘掉头盔后，仿佛为了缩短她空欢喜的时间，语速飞快地说道：“这里不会再举行音乐会了。”

“搞什么……”辉美忍不住噘起嘴，低下了头。

“别这么失望啊。我给你带来了好消息。”

“好消息？真的吗？”

“不然我为什么要在你放学时堵你。”功一眯起眼睛看了一眼辉美身上的水手服，随后用下巴指了指公园，“进去走走吧。”

“嗯。”辉美点点头。

两人走到路旁的长椅边，并肩坐了下来。周围只有几个看似小学生的男孩在玩球，并没有其他人。

辉美心想，这样好像约会啊。紧接着，她的心跳也莫名其妙地加快了。还在读初一的她并没有跟男孩子交往过。她遇到过喜欢的男孩，但也仅此而已罢了。辉美喜欢功一。不仅是因为他长得像辉美喜欢的摇滚歌手，还因为他对她比任何人都温柔。可是她也在想，功一一定不会喜欢上像自己这样的小孩子。对初一的辉美来说，十八岁已经算是大人了。

“我把这个给你带来了。”功一从摩托车外套里面掏出一个白色信封。

辉美接过信封，马上打开来看。里面装着四张印刷精美的门票。“这是什么票——”话还没说完，辉美就闭上了嘴。因为她看清了上面的字——“世界首次光乐演奏会 白河光瑠的幻想世界”。“怎么回事？”辉美又问，“为什么要做门票啊……连会场都是这么高级的地方。啊……”GS 席位一万五千日元，S 席位一万两千日元，A 席位九千日元——这些字跃入了辉美的视野。“要收钱啊……”由于根本没有想象过这种事情，辉美一时不知该如何描述感想。

“我们多了个主办方。”

“光瑠从来没提过啊。”

“是临时决定的。自从被电视和杂志报道后，发生了很多事情。这已经不是外行人能应付的局面了，所以我们就请了专家。”功一用辩解的语气说。

“我还以为光瑠不会把光乐当成赚钱工具的……”

“他一点都不打算用这个赚钱，只是想让更多人了解光乐而已。可是，免费举行音乐会终究是有极限的。而且只在一个地方举行，到后面就很难再扩大影响了。”

“话虽然可以这么说……”辉美垂下目光看着手上的门票，想起了第一次见到光瑠时的情形。在那道忽明忽灭、不可思议的光线的吸引下，她深夜走出家门，来到不久前还在就读的小学。光瑠就在教学楼顶演奏着。当时他用的还只是简单的器械，会变色的奇怪灯泡也只有三个。在他身边围坐着十几个观众，大家都抱着膝盖，陶醉在变幻的光芒中。那边的小客人，快过来坐吧——光瑠发现辉美后对她说。他话音刚落，围成一圈的年轻人就为她空出了一个位置。没有人发问，好像所有人都已经理解了她到这里来的理由。

如果一直都那样就好了，辉美心想。确实，随着同伴的增多和规模的扩大，光瑠的演奏本身似乎也越来越具有力量了。辉美每次看完他的演奏，都会沉浸在比上回更深邃的感动中。可是，辉美更喜欢初期那种像个小家庭一样的气氛。

“我觉得有点孤单呢。”她静静地说，“光瑠好像越走越远了。”

“没那回事。”功一苦笑道，“光瑠没有忘记我们。我们可是从一开始就陪在他身边的人啊。你瞧，他不是还给我们送票来了吗？今后也一样。他根本没想过要收我们的钱。”

我说的并不是那个啊。辉美心里想着，却没有说出来。她无法将这种心情传达给功一。

“总之，光瑠的音乐会又能开始了。只要知道这点，我们就能放松不少了。最近音乐会停办，开始有同伴因为无法看到光瑠的演奏而表现奇怪了：突然大声叫喊，四处冲撞，过一会儿又沮丧得一动不动。”

“相马你不会那样吗？”

“也不能说绝对没有。我最近经常提不起精神来，甚至会莫名其妙地烦躁不堪。不过跟别人比起来应该好很多吧。我觉得每个人的沉迷程度是不一样的。”说完，功一看着辉美的脸，“辉美，你怎么样呢？”

“嗯，我最近的情绪也很低落……”辉美犹豫了片刻，还是把今天美术课上的事说了出来，然后又告诉功一，那件事之后，她感觉心情好了很多。

“太奇怪了。”功一说，“莫非那也是光乐的影响吗？”

“我也觉得有可能。”

“说不定光瑠知道是怎么回事。下次问问他吧。不过，下次能见到他也只有音乐会那天了。”

功一指了指辉美手中的门票。门票上写着十一月二十日，周五。还有二十天。

那二十天里，发生了一件又一件辉美做梦都想不到的事。

首先，街上到处都贴满了海报，从中心向周边扩散，在各色光线迸发的背景中，印着那张门票上写的“世界首次光乐演奏会”“幻想世界”等广告标语。

其次，有好几家面向年轻人的信息杂志都报道了光乐的事情。每家杂志都在强调，已经在部分年轻人中引起热议的光乐演奏会很快就要正式举办了。连她漫不经心地听广播时，都能听到音乐会信息节目在介绍光瑠的演奏会。

而最让辉美感到惊讶的是口耳相传的威力。她从功一那里拿到门票的第二天，学校里已经满是光乐演奏会的话题，第三天，教室和教室之间开始出现为求票而四处奔走的同学。负责传播话题的，是看过几次光瑠演奏会的人。他们都被光乐的魅力吸引了，却不像辉美他们那样拥有获得赠票的资格，因此只能拼命打探参加音乐会的方法。而在他们的行动影响下，一些根本没看过光乐的人也开始四处求票了。

辉美从功一那里拿到了四张门票，便把剩下的三张分给了好朋友。那三个朋友都没有看过光乐演奏会，但都觉得自己拿到了特别宝贵的东西，因此兴高采烈。后来消息传了出去，许多学生开始来找辉美求票。不仅仅是同级生，连二年级和三年级的学生也都找了过来。得知辉美已经没有余票后，他们甚至开始要求辉美把自己那张卖掉。还有一个女生要出两万元买她的票。

辉美完全无法理解事态为什么会发展成这样。不过她记得功一说这次演奏会有了主办方，因此她只能茫然地想，这应该是主办方一手操作的结果吧。

这样的状态持续了整整二十天，终于到了演奏会的日子。

辉美跟拿到她赠票的三个好朋友在车站碰头，然后乘坐电车前往会场。那是这片区域屈指可数的高级场所，经常有著名音乐家在那里举办音乐会。辉美感觉，光乐这种来历不明的东西突然能用到那种场所，恐怕也是背后牵线人的刻意安排吧。

到达会场所在的车站，四个人出了站，辉美发现许多跟她年龄相仿的人正往她们的目标方向前进。其中一个朋友说，他们一定也是去参加演奏会的。于是，辉美一行也跟在后面。

会场门前，年轻人排起了长龙。离开场还有一段时间。

“快开门啊。”一个穿着牛仔裤的年轻人在入口附近高喊。他被两个看似友人的青年拉着，依旧不管不顾地大吼。

“他怎么回事啊，是不是喝醉了？”其中一个朋友皱着眉说。

辉美不知如何回答她，心里却很理解那个青年的状态。因为就在不久之前，她也时不时因为无法欣赏光乐而痛苦，险些大喊起来。但不可思议的是，现在她几乎不再有那种情绪了。一切都是从那次美术课开始的。从那以后，她对色彩的感觉变得特别敏锐，因此能够利用遍布周围的各种色彩来自娱自乐了。她的那种行为似乎与光瑠的演奏有着本质上的相似。当然，那跟光瑠的演奏不是一个级别，但至少能消解她的光乐戒断反应。

“啊，我好紧张。光乐究竟是什么样子呢？”

“搞不好没什么了不起的。”

“要是真的没什么，就不会聚集这么多人了。”

辉美的三个朋友你一言我一语。想象她们待会儿走出会场时的样子，辉美不禁感到有点得意。

正门打开了。她看了一眼时钟，比开场时间早了两分钟。

## 11

晚上七点整，木津玲子准时到达了约定的地点。这里是位于酒店大堂的法国餐厅。玲子并不喜欢这种店，比较符合她口味的西餐只有意大利菜和西班牙菜。可是跟她约好的男人坚信同女人密谈时最适合吃法国菜，她无可奈何。

服务生走过来，她报上了相津这个名字。服务生对她鞠了一躬，把她领到了座位上。那是入口处挂着门帘的单间，男人已经在里面喝着啤酒等她了。

“我过一会儿再叫你。”男人对服务生说。服务生欠了欠身便离开了。目送服务生离开后，他目不转睛地盯着玲子的脸，嘴角勾起了丑陋的弧度。“每次见到你都是这么美啊。”

“谢谢。”玲子假笑了一下。在这个男人面前，她已经形成了这种条件反射一样的习惯。至于自己真正的笑容是什么样的，她几乎已经遗忘了。

男人把啤酒倒进杯中，一口气喝掉一半，眼里突然冒出了令人毛骨悚然的神情。“上回那件事，你帮我查了吗？”

“查过了。”她回答。

“怎么样？”

“光瑠果然没怎么回家。我认为他应该是在外面租了房子。”

“只有那帮所谓亲卫队才知道他租的房子在哪里吗？”

“好像连亲卫队也只有一部分人知道。”

“名字呢？”

“我也查过了。”玲子从包里掏出记事本，撕下一页递给男人。那上面写着两个人的名字——宇野哲也和相马功一。

男人看过那张纸，双眼瞬间瞪大了，连双颊也微妙地僵硬了几分。

“怎么了？”玲子问。

“没什么。”男人将纸条放到桌上，“这两个人的背景呢？”

“我可没办法查得这么详细。”玲子摇着头说。

男人把啤酒一饮而尽，盯着玲子身后的墙壁陷入了沉默。两人之间经常会出现这样的沉默，所以玲子也很识趣地没有搭话。她觉得既然不用说话，那就无须勉强了。

玲子第一次看光瑠的演奏，是在未完工的市民中心举办最后一场音乐会的晚上。告诉她那里有那种活动的人，是一个经常在健身俱乐部跟她在一起的女高中生。“既可以消解压力，也能让心情变好，总之实在是太棒了。你也去看看吧。”女高中生露出孩子般的表情，让玲子不禁暗想，不久以前我也是这个样子的吗？如果玲子当时什么都不知道，也许会毫不在意地忘掉那段对话吧。可是当她听到那些话时，心里却有了想法。

不知从何时起，每到凌晨两点，她就能透过窗户看到那忽明忽灭的奇妙光线。那道似乎是从小学教学楼顶发出的光线，让玲子有了某种奇妙的感觉。她就像第一次参加摇滚乐演唱会那样兴奋起来，心中充满了重回故地的安宁。真想到发出那道光线的地方去看看啊——她甚至产生过这样的想法。但她终究没有去，因为她对自己那种不同寻常的关注产生了恐惧。

从女高中生口中听到光之音乐会的消息时，她马上想起了那件事。她有一种直觉，两者之间一定有关系。于是当天晚上，她带着打发时间的想法去了那个地方。

摇摇欲坠的市民中心里挤满了孩子，人数远远超出玲子的想象。他们眼中都带着期待的光芒，焦急地等待着自己的超级明星。

不久，光瑠现身，开始了光的演奏。演奏并没有让玲子的期待落空，那个女高中生的话也并非夸张。可是最让她感到惊讶的是周围那些孩子的反应。有的人全身僵硬，彻底被迷住了；有的人目光如梦似幻，陶醉其中。玲子不禁感慨，究竟要怎样才能如此投入啊。

那天是在市民中心举行的最后一场音乐会，但不久演奏又在白鸟公园重新开始了。玲子也跟着参加了一段时间。因为音乐会对精神的净化作用确实存在。可是她每次都会惊讶于其他年轻人的过度反应。玲子曾经见过跟他们露出相同表情的年轻人，一个在迪斯科舞厅深处的秘密房间里吸毒的人。

参加了三次白鸟公园的音乐会后，玲子对男人说起了这件事。当时他们一番云雨之后，还躺在床上。玲子只是随口说说，并没有想到男人会感兴趣，因为他本来就不会对年轻人的事产生好奇心。她觉得，这个男人寻求的只是年轻女性的肉体罢了。可是，听到"光乐"这个字眼的瞬间，男人的表情突然变了，催促她再详细说说。要说详细，她也只是讲了讲自己看完音乐会的感想，但男人似乎把那当成了非常重要的情报。

“那么你在初期阶段就认识他们了，对吧？”

“也算不上认识。”

“但你至少知道白河光瑠身边那几个人长什么样吧？”

“嗯，算是吧。”

男人点点头，随后突然开始收拾东西，说下次再联系她。

大约一周后，玲子又被男人叫了出来。男人给了她一个信封，里面装满了钞票，比她每月从男人那儿拿到的打工钱要多得多。

帮我查查光乐和白河光瑠的事情，男人对她说。他有什么同伴，他们将来准备做什么，等等。

玲子说，那种事情你可以交给专业人士来做啊。随后她又补充道，相津先生你在那方面应该也很吃得开吧。

“小孩子的事交给小孩子来查最好。”男人面无表情地说，“你会接下这项任务吧？”

“要是你对我期待过高，我可是会伤脑筋的。”说着，玲子接过了信封。

就这样，玲子开始了调查，但进展并不顺利。由于亲卫队严防死守，她很难接近光瑠，甚至连白鸟公园的音乐会都突然停止了。待到光瑠再次现身，地点已经不是在建的市民中心，也不是露天舞台，而是附近屈指可数的高级音乐厅了。他背后多了一个主办方。而对于那个主办方的真实身份，男人似乎有所了解。

正式的光乐演奏会从第一天晚上起就引起了巨大的反响。所有报纸都齐齐给出“本世纪最后的艺术”“终极艺术”这样的赞美，被邀请到音乐会上的文化人和演艺人士都竞相表达感动。尤其是一些年轻艺人，其狂热程度让人目瞪口呆。他们在综艺节目中连呼光瑠的名字，导致一些对光乐一无所知的观众打电话投诉。电视上还播出了特别节目。那个节目给人一种匆忙制作而成的感觉，关键的演奏会场面一点没有，全是被感动的人们用陈腐的言语表达感想，尽管如此，收视率还是一路飙高。最让人好奇的是，光瑠的脸完全没有出现在画面上。这其中似乎也有那个主办方的盘算。新的一年开始后,热潮的势头也丝毫不见衰退。到处都开始流传全国巡演的传闻。

男人开口道:“能想办法接触到白河光瑠吗？”

“接触光瑠？你是说接近他吗？”玲子叹了口气，“老实说，非常难。如果是初期或许还有可能。现在连去哪儿能找到他都不知道，虽说是高中生，但他最近好像连学校都没有去。”

“据说他休学了。”男人说。

“休学了？唔……”玲子边点头边想，这男人自己也在调查光瑠啊。

“这样一来，办法就只有一个了。”男人沉思了一会儿，指着桌上的纸条说，“从这两个人中间选一个人接近，要跟他变亲密。”

“我吗？”玲子问。

“就是你。”

“要多亲密？”

“那就由你自己来判断了。”

“唔。”她凝视着纸条上两个人的名字，然后说，“要选哪个也是我的自由吗？”

男人也盯着纸条，眼中渐渐闪出浑浊的光，再次指向写着名字的纸条。“选这个。”男人指着的，是相马功一的名字。

跟玲子分开后，男人打了个电话。“喂，是我。”

“啊，我刚想联系您呢。”电话另一头的声音听起来有些兴奋。

“计划有眉目了吗？”男人问。

“有了。我找到了绝佳人选。”

“什么人？”

“是个女人。她儿子沉迷光乐，被怀疑精神出问题了。丈夫是医生，找相熟的脑外科医生给儿子进行了诊断，而且那位医生正好是那个研究会的成员。”

“能撬动她吗？”

“我已经想好办法了。对了，关于白河光瑠的内部情报……”

“那个交给我就好。我自有安排。”男人挂掉电话，掏出了香烟。

# 12

午休时间，高行呆呆地看着办公室窗外，突然被人从背后拍了一下肩膀。他回过头，发现同事正面带复杂的笑容看着他。“看你心情不是很好啊，莫非是因为你儿子的事情？”同事略显关心地问道。

高行苦笑了一下。“让人头疼的事太多了。”

“孩子太优秀，作为父母也会很辛苦啊。我还是头一次知道。你瞧我家女儿，连现在的日本首相是谁都不知道。她都念初三了。”同事夸张地皱起了眉。

“那不是很可爱嘛。”

“听别人说我只觉得那是安慰，不过听你说，却特别有信服力。”同事点了一下头，“以前你给我看的机器，原来是为了那个目的啊。当时我真的一点都看不出来。哎，真不知该说什么好，总之你儿子真是太厉害了。”他叹息着说。

光瑠窝在自己房间里捣鼓机器的时候，高行曾经请这位同事到家里来看儿子究竟在做什么。结果同事说，他只能看出那是非常复杂的电源。现在想想也是理所当然的。毕竟那时候连光乐这个词都还不存在。

“听说光瑠休学了啊。他待在家里吗？”

“没有。”高行摇摇头，“他每周只回一次家，现在住在外面租的房子里。”

“一个人住？”

“形式上是这样，但实际上还有好几个人跟他在一起，都是跟演出有关的人。”

“哦哦，原来是经纪人啊。果然出人头地了就是不一样。”同事从西装的内侧口袋里掏出烟盒，抖出一根叼在嘴里，但并没有点燃，而是先看了看四周，再凑到高行近旁。“上头找你谈光瑠的事情了吗？”

“上头？没找我谈过。有什么事吗？”

“我也不是太清楚。”同事把嘴里的香烟拿到手上，又压低了声音，“据说，有人提议利用光瑠的力量为公司做宣传。我觉得很快就有人会来找你了。”

“宣传？唔，这个嘛……”

自从得知在世间掀起轩然大波的光乐家就是高行的儿子后，公司上层对他的态度可谓一落千丈。那其中似乎混杂着“自己无法理解的东西都是歪门邪道”这种老年人特有的偏执，以及对部下竟然有能够创造庞大收益的儿子产生的忌妒。

然而最近，他们接近高行的方式似乎有了点变化。方才说到的上层，甚至对他表现出了堪称卑躬屈膝的姿态。高行一直对此感到疑惑不解，但经过同事一番点拨，他豁然开朗了。

“要是他们真的来找你谈那种事该怎么办？你总不能一口回绝了吧。”

“可是那种事不该由我来判断。毕竟演奏光乐的人是光瑠，而帮他安排工作的则是主办方的人。我这个父亲是没有权限的。”高行耸耸肩，半是自嘲地说。

实际上，不管是他还是妻子优美子，都不知道光瑠今后的工作打算。不，甚至在之前的事情上，光瑠都几乎没找他们商量过。某一天，演艺公司突然来了人，声称需要得到监护人的同意，不由分说地往桌子上摆满了一大堆文件。见父母一脸茫然，当时坐在一旁的光瑠说，那是将光乐商品化的手续。然后他就不太清楚了，只记得自己照着光瑠说的话在文件上签了字。光是确认那并非榨取不正当收益的合约，就耗费了他的全部精力。

后来，白河家迎来了做梦都没想到的变化。高行和优美子仿佛坐在一叶扁舟上，顺着激流一路滑落。光瑠的名字被全国所熟知，家里突然被一大群记者包围了。高行夫妇接受了数也数不清的采访，被拍了无数照片，然后又被刊登到了自己根本不记得给予过授权的报刊上。恶作剧电话也是数不胜数，优美子为此甚至身心俱疲，经常卧床不起。

多亏光瑠在早期就搬到了外面，才让他们很快便回归平静的生活。当然，光瑠无疑早就预料到了这种混乱事态。这次高行依旧为儿子的正确预期咋舌。因此，当光瑠提出要休学时，高行夫妇也没有多做反对。毕竟，光瑠认为自己必须这么做，那恐怕就是最佳的选择了。

可是，就算回到了平静的生活，高行夫妇依旧背负着白河光瑠的父母这一头衔，烦恼也就一直围绕着他们。若只是年轻崇拜者聚集在家门前这种小事，他们尚可以忍受，但面对一些莫名其妙的家伙跑来请光瑠做事，他们就无可奈何了。光瑠说，那种人大都是演艺界的底层小卒，只要随便应付一下就好。若是有头有脸的人物，应该会通过更为正式的途径与他们接触才对。

那天高行回家后，又发现两个素未谋面的男人等在客厅里。但他们并不是演艺公司的，递过来的名片上印着一家他从来没听过的志愿者团体名称。随后，他们还拿出了当地某议员的介绍信。那是与高行的公司有一定关系的人物，他自己也与那人见过两次。这让他不禁感慨，这帮人竟然连这种关系都挖出来了。

“前些日子看过令郎的光乐演奏，实在是感慨万千。此次前来是想请您提供一些帮助，突然造访，还请您谅解。”个子较矮的年长男人一脸谄媚地说着。身材瘦长的年轻男人则在他旁边露出诡异的笑容。

“二位找我到底有什么事呢？”高行坐直身子问。

“这样说吧。”男人从沙发上探出了身子，“近期我们将召开全国大会。不知能否请令郎莅临会场演奏光乐，给平日为国民福祉奔波操劳的会员们打打气呢？”

“啊，是这样啊……”

“先让我给您介绍一下我们的活动吧。”说着，年长男人使了个眼色，年轻男人动作利落地从公文包里拿出了一本小册子。上面写着他们隶属的团体近期活动情况，如看护卧床不起的老人、派遣志愿者到残障人士服务中心、慰问老人院等。“如此这般，我们在努力填补着日本相比其他发达国家发展较为迟缓的部分。可是我们经常处于人手不足的状态，尤其是年轻人都不愿意参与进来。如何？哪怕是为了引起世间的关注，有了令郎的帮助便是事半功倍了。当然，我们也会准备相应的谢礼。”

男人话音未落，旁边的年轻男人便深深低下头说：“麻烦您了。”

这一切仿佛事先彩排过。不，无疑是经过彩排的。

“我明白了。既然如此，我就对犬子说说吧。”

听了高行的回答，二人互视一眼，同时露出了笑容。“非常感谢。”他们连连低头道。

“但我不知道能不能帮上你们的忙。具体事宜还要询问光瑠本人，毕竟现在音乐会的日程非常紧张，另外还有几个活动也在策划当中。”高行看着两人低下的头说。

年长的男人突然停下了动作。“几个活动？”

“也是请光瑠去演奏的。是跟你们不同的团体。”高行面不改色地列举了三个宗教团体的名称。

听了高行的话，男人脸上的笑容消失了。“这些请求您都同意了吗？”男人问。

“啊，是的，毕竟同意那家不同意这家有点不近人情啊。不过最终还是要看日程安排，演出也是全权交给主办方，我并不知道最终结果会如何。”

自称志愿者团体成员的两个男人不甘心地面面相觑，紧接着便匆忙收拾起了桌上的资料，全都装进了年轻男人的公文包里。

“那就麻烦您了，我们还会再联系的。”说完，年长的男人便站起身来。

高行回答：“哪里，也麻烦您了。”

送走二人后，高行走进起居室。优美子正坐在电视机前看新闻。

“很快啊。”

“嗯。因为我都照着光瑠的吩咐做了。”

光瑠很早以前就预言，今后会有宗教团体想方设法接触他们。毕竟对他们来说，能够强烈吸引人心的光乐无疑是强有力的武器。

想必刚才那两个人也是打算借助为志愿者活动出力的形式，把光瑠拉下水，然后再打出宗教团体的招牌吧。光瑠给他的指示是，面对这种人，不能一开始就一口回绝，而是透露各种宗教团体已经发出了邀请，并表现出公平参加的意愿。这样一来，他们眼中的光乐利用价值就会骤减。同时也能借此表明，光乐不会接受某个特定宗教的束缚。“更何况，”光瑠还说，“我也希望那些加入宗教团体的人来感受一下光乐。这也是宣传活动的一环啊。我们不能被宗教利用，而是要主动利用他们。”

高行不禁感慨，真是太了不起了。如果换作自己，光是跟那种团体扯上关系，都会出现近乎恐惧的抵触反应。

“刚才新闻特辑上介绍了光乐，”等高行在椅子上落座，优美子说，“说那东西可能存在类似毒品的效果。整个节目仿佛都在暗示光乐对身体有害。”

“其实我也很在意这点。可是光瑠什么都不说……”高行看到桌上摆着一沓信，“这是今天的吗？还是那么多啊。”

“而且这还是把光乐迷来信筛除后的结果哦。”

“嗯。”高行把信拿起来一一检视。那些信大致能分为两类：一类是请光瑠到他们那里演奏；另一类是你家好像很赚钱啊，不如到我们这儿来投资吧。其实由于宣传等费用十分可观，他们并没有得到多么大的收益，但别人似乎并不这么想。

“你说，光瑠会不会打算一直这么搞下去啊。”优美子不安地说，“靠那种东西能活一辈子吗？”

“不知道。不过他自然有他的考虑吧。我们只能相信他。”

“这我明白，可是……”

“嗯？这是什么？”高行拿起一封信，寄信人的地方写着统和医科大学小岛英和。他根本不认识这个人。收信人写的是白河光瑠。

“就算写着亲启，你们也可以打开来看。”关于信件，光瑠是这么对他们说的。高行毫不犹豫地拆开看了。里面装着三张信纸，上面写有漂亮的黑色文字。

“写了什么？”优美子在旁边问。

高行读了两遍，把信纸递给了她。

信上说，希望从脑医学的角度检验光瑠的能力和光乐的原理。而光瑠曾经对高行二人说，如果有医学相关人员来接触，切忌轻易应对，务必马上联系他。

“给光瑠打个电话吧。”高行站了起来。

# 13

时隔八日，相马功一总算回了一趟家。为了准备光瑠的音乐会，他最近忙得可谓废寝忘食。但一想到自己在工作，为一项让人们陷入狂热的事业而出力，他就一点都不会感到疲惫。

他并没有对父母提过自己正在做的事。父母也从未过问。就连功一从高中退学，不去工作成天无所事事的时候，他们也没有说过一句话。功一早已想不起来自己上回跟父亲对话是什么时候了。他很讨厌父亲。自从得知父亲在外面做什么、靠什么赚钱之后，他就对那个人心生厌恶了。他孩子气地认为，父亲做的事情太不干净了。就连功一的亲生母亲因病去世的那一夜，父亲也在外面干那种脏活没有回来。这件事更是加深了他对父亲的憎恶。也就是在那时，功一开始脱离父母为他铺就的轨道。当时他念初一。

继母是功一念初三时不知从哪里突然冒出来的女人。她行为乖张、生活奢侈，很快就怀孕生子了，是个男孩。她像对待宝贵的洋娃娃一样对待那个婴儿，那种态度一直持续到现在。不消说，她心目中的孩子只有那个男孩，功一只是个碍手碍脚的继子罢了。

由于在家中的处境如此尴尬，对父亲和继母来说，无论功一热衷什么事情，他们都漠不关心。想必他们对功一的唯一要求，就是不要在外面给他们惹出太大的麻烦吧。在这一点上，他最近一直没有辜负他们的期待。

他在车库门口停下车。已经是深夜十一点多,周围一个人都没有。

就在他把摩托车推进车库时，突然听到了咔嚓一声，是从父亲车子的阴影里发出来的。功一放好摩托车，小心翼翼地走了过去。车子旁边有什么东西动了一下。

“是谁！”功一压低声音凶狠地叫了一声。

周围陷入了片刻的寂静，随后传来了微弱的呼吸声。

功一咬咬牙又往前走了一步。只见一个人影蜷缩在汽车和墙壁之间。通过长发和纤细的身影，他看出那是个年轻女人。

“你是谁？”这次他换上了温和一些的口气。

女人抬头看着他。“对不起……我马上出去。”

“你在这种地方干什么？”

女人并未回答，而是垂下了目光。不一会儿，她问了一句：“那个……外面是不是停着一辆车？”

“车？”

“应该是……白色的奔驰车。”

“白色奔驰？我没看见。”

“这样啊。”女人似乎松了一口气，“很抱歉，我现在就出去。”她准备站起来，可是刚往右脚上施力，就扭曲着脸失去了平衡，往功一的方向倒了过去。

功一慌忙伸出双手撑住了她。“到底怎么回事？”功一盯着女人的脸。就在此时，他发现女人的身体在微微颤抖。

“没什么……我没事。”她从功一身边离开，想往车库外面走，可是只能拖着右脚挪动。似乎很痛，她咬紧了牙关。

见她又一次摇摇欲坠，功一马上跑了过去。“你的脚受伤了吧？”

“好像扭到了。不过没事的。”说着，她转向功一，月光正好照亮了她的脸，一双让人联想到猫咪的杏眼凝视着功一，深色虹膜大大的，仿佛带着一丝危险的气息，下巴很细，却不尖锐，脸颊有种微妙的肉感。功一瞬间被她的美丽折服了。

“可是你脸上都沾了灰……”功一指着她的右脸颊。如同瓷器般雪白的肌肤上沾染了黑色的泥土。

“啊……”她抬起手擦了擦脸。长发如同瀑布般从肩上滑落。“刚才摔倒了……”她小声说。

“摔倒了？在哪里？”

“没什么。”她摇摇头，“对不起，我马上就走。”

“等等。你家在附近吗？”

只见她面带悲伤地看了看四周。“我不知道，但应该有办法回去的。”

“什么有办法，你到底是怎么跑到这里来的？”

“怎么说呢，我请人把我送过来……”她的尾音细得难以分辨。

跟她说的白色奔驰有关系吗？功一心想。可是他感觉这句话绝不能说出来。“你住在哪儿？”他问。女人迟疑了片刻，小声回答了他。那地方离这里不算远，但走路也要将近一个小时。

好，功一说着走向摩托车。“我送你回去。这个时间在外面走实在太危险了，而且看你那条腿，也不可能走回去。”

“可是……”

她好像在犹豫。尽管让一个素不相识的男人送回家多少让她有点不安，但她确实不知道该怎么回去。功一恍然大悟，她应该是一个人住吧，不然她完全可以打电话叫同伴来接。“坐上来吧。”他把摩托车推出车库，发动引擎后指了指身后，“现在这个时间也没有巡警了，不戴头盔也不用担心被抓。”

她思考了很长时间。实际上可能只有十秒钟左右，但功一因为一直在心中祈祷她会坐上来，感觉持续了足足有一分多钟。

“那就麻烦你了。”她缩手缩脚地坐到后座上，双手环住了功一。

最近会这样坐他车的人也就只有小冢辉美了。两具身体紧贴在一起，他背后感觉到了辉美所没有的弹性。是个成熟女人啊——他带着这样的想法把摩托车开了出去。

她的公寓位于狭窄道路纵横交错的住宅区。周围全是陈旧的建筑，唯有那座两层公寓是新建的，一尘不染的雪白墙壁看起来与周围格格不入。

可能是脚伤的疼痛加剧了，她光是从摩托车上下来就费了不少力气。因为房间在二楼，功一又扶着她走上了楼梯。由于在强忍疼痛，她眉头紧皱，艰难地打开了门锁，紧接着拖着一条腿走了进去，很快就把门关得只剩下一条十厘米左右的缝隙。她从那个缝隙里对功一点了点头。“真对不起。下次我一定好好感谢你。”

“不，不用了。”

功一说完，她欠了欠身，随后把门关上了。她会不会邀请我进屋呢？功一一边嘲笑着刚才还这样期待的自己，一边瞥了一眼门边的名牌。那上面用签字笔写着一个名字——大津圣子。

她连名字都没问，还说什么下次好好感谢你——功一在期待两人能再次见面的同时，也担心再也见不到她了，带着这样的想法，他离开了公寓。

可是，两人见面的机会很快出现了。第二天早晨，他走进车库准备取车，发现旁边的地面上有个东西在反光。那正好是昨晚她坐着的地方。他拾起来一看，是一枚黄金胸针。他想，这样就有理由去找她了。

这天晚上，功一提前结束工作，直接开车往她的公寓驶去。确认了外面的名牌后，他按下门铃。原以为她可能外出了，可是里面很快就传来微弱的声音。一瞬间，门上的猫眼变暗了。不一会儿，大门被打开，她探头出来。“你是昨天的……”

“嗯。太好了，你还记得我。”

“真不好意思。昨天晚上我实在是吓坏了……”

“没什么。脚怎么样了？”

“托你的福，已经好很多了。”

“是嘛，那就好。”

可能是因为睡了一夜，她的脸色比昨天好了很多，眼睛里也有了神采。

“啊，对了，你昨天把这个掉了。”功一拿出胸针。

她的表情一下明亮起来。“是我的！啊，太好了！我都不知道把它掉在哪里了，早就放弃了呢。”

“掉在我家车库了。”

“真的啊。”她把胸针接过去，高兴地摆弄了一会儿，随后抬起头，像凝视着耀眼的光芒一般看向功一。“那个，你要进来坐坐吗？不过屋子有点乱。”

听到期待已久的这句话，功一犹豫了。一般来说这种时候应该婉拒，但他并不想放过与她亲近的绝佳机会。

“请进来吧，不然我会心里不好受的。”

她又强调了一遍，敞开了房门。这使功一做出了决定。他说了句“打扰”，便走了进去。

里面是个六叠左右的单间，地上铺的是木地板。窗边摆着一张床，旁边放着电视机和录像机。床边有一块小小的地毯，上面放着一张玻璃茶几。她说屋里很乱，但除了那些家具之外，房间里再也没什么东西了。衣服应该都放在嵌入式衣柜里了吧，功一想着，坐在了地毯上。

“我才刚搬过来。”可能感觉到了他的视线，她一边冲咖啡一边解释道，“所以还什么都没有，连洗衣机和微波炉都还没买。”

“你工作了吗？还是在上学？”功一问。

“刚开始在电脑专科学校上学，晚上也会出去打工。”

她端着咖啡走到功一身边。他说了声“谢谢”，喝了一口咖啡。尽管冲得并不算好喝，但他还是客套地说了句“真好喝”。

“我还不知道你叫什么呢。”她突然睁大眼睛，仿佛忘了什么重要的事，“我叫大津圣子。是琵琶湖的大津[①]，松田圣子的圣子。”

“相马功一。”功一故意大咧咧地说了一句，用手指在桌上比画了几下。圣子说，真是个好名字。

“昨晚你走之后，我陷入了自我厌恶。人家明明对我那么好，我却给赶走了……”

“没什么，你不用在意。对了，”功一严肃地看着她，“到底怎么回事？如果你不想说，我就不问了，可是我真的很在意。”

“如果自家车库里突然跑进来一个不认识的女人，什么人都会在意的吧。”圣子双手捧着咖啡杯，目光垂了下来，“刚才我不是说，

---

①日本滋贺县琵琶湖西南端有一座城市叫“大津”。

晚上会出去打工嘛。有个客人经常坚持要送我回家。”

陪客的工作吗？功一很快意识到。

“昨天那位客人就属于特别难缠的，一直在车里等着我从店里出来。平时我都能糊弄过去，昨天却运气不好……”

“就是说，那家伙是酒驾啦。”

“那个人喝不了酒，只是带工作上的客户来玩的。”

“唔，就是你说的白色奔驰吗？”功一想起了圣子昨晚说的话。她点点头。“我不想让他知道我住哪儿，所以就在那附近请他放我下车。可是那个人一定要把我送到家门口。我当然是严词拒绝了。结果他突然开始往反方向开，一直开到了你家附近。”

“毕竟那附近的路没什么人啊。”功一看穿了男人的想法。

“我说不要他也不听，一直往住宅区深处开。最后他总算在一片小树林里把车停了下来，紧接着，突然就……”

“袭击你了？”功一接过她的话，她垂下目光点了点头。

“我实在太害怕了，就一个劲儿地逃跑。途中摔了一跤，但不敢停下来。那个男人直接开着车来追我。我想喊救命，可是周围一个人都没有，最后只好跑进附近的车库里藏起来了。”

“原来是这样。你没事真是太好了。”功一不禁想，难怪昨晚圣子会这么害怕，这样就说得通了。

她笑了笑，又叹了口气。“可是这样一来，我又要出去找打工的地方了。那家店我已经待不下去了。毕竟那个人好像是店里很重视的常客。”

“这次干脆不要干那种工作了吧？”

“是啊，我考虑考虑。”

她说这句话的表情很是阴郁，可能背后隐藏着不得不从事那种工作的难处。功一想，莫非她是为了给父母赚生活费吗？

“对了，我还没问过你的事呢。”她突然换上明朗的表情说，“你是学生吗？还是……”

“我在工作，帮忙准备音乐会。”

“哇！”

圣子的目光中浮现出憧憬和艳羡。功一突然想让她更加吃惊，便从上衣口袋里掏出一张门票放在了茶几上。她果然表现出了功一意料中的反应，双目圆睁，屏住了呼吸。

“你说的音乐会，是白河光瑠的？”

“嗯。称不上经纪人，但我在负责照顾他的生活。”

“真厉害！”圣子反复看着门票和功一的脸。

“如果你想要，就送给你。时间是这周日。”

“真的？给我吗？哇，谢谢你！”

然后，功一又讲了许多音乐会和光乐的话题，时间一眨眼就过去了。

“啊，已经这么晚了。我得回去了。”功一看了一眼手表，站起身来说。他在玄关穿好鞋后，又回过头来。“今天我过得很开心。”

“我也是。”圣子回答。

“我能再见你吗？”

她微笑一下，点了点头。

后来，两人每隔两三天就会见一次面。白天圣子经常不在家，但只要功一给她的电话留言，几小时内他的传呼机一定就会响起来。然后他就会再打一次电话，跟她约见面的时间。第六次约会之后，功一去了圣子的公寓，拥有了她迷人的身体。整个过程中，她一直紧闭着双眼。

对功一来说，每一天都像做梦一样。他一点都不想跟圣子分开，哪怕只是一分一秒。

“真的吗？那种事真的能做到吗？”圣子跟他躺在狭窄的床上，两眼闪现出兴奋的光彩。

“当然可以。只要是我说的话，光瑠一般都会听的，只要不是太过分，而且我们确实需要女性同伴。如果在同一个地方工作，我们就能一直在一起了。”

“太好了！真是太好了！”圣子紧紧抱住了功一。

功一轻吻她赤裸的肩膀，脑中却在盘算该如何把她介绍给光瑠。

# 14

教语文的男老师颈后发出了灰色的光。那道光很微弱，却一直在闪烁。见到如此光景，小冢辉美想，他一定又是麻将打多了。虽然双肩僵硬也可以解释为工作过度，但这位老师是出了名的麻将迷，有时甚至在上课的时候也会面不改色地跟学生谈论麻将的话题，因此家长们对他的评价并不太好。但在学生中间,这位老师却很受欢迎。

上课起立行礼之后，语文老师打了个大大的哈欠。学生们都窃笑起来。

“哎呀，失礼失礼。其实老师昨晚有点睡眠不足。”老师苦笑着解释道。

“麻将。”坐在前排的男生马上就揭穿了他。

老师夸张地倒退一步。“被你看穿了啊。老实说就是这样。因为一直和不了牌，实在太不甘心，就不小心打到天亮了。”说着，他露出沮丧的目光。他的眼睛也散发出灰色光芒。原来如此，老师真的很累呢，辉美心想。

老师跟学生谈论了一会儿麻将，把大家逗得哄堂大笑后，巧妙地将话题转向了课程。到了这会儿，他的脖子和双眼散发出的诡异光芒就变淡了。看来这位老师只要一进入工作，就会忘记疲惫。

所谓灰色光芒，是辉美最近开始记日记时使用的权宜之词。严格来说，应该是“唯有那个部分缺少光芒”才对。由于其他部分都散发着均等的光芒，看起来只有那一块地方是灰色的。这就跟人们把无光状态说成“黑”一样。经她观察，周围一些朋友身上或多或少都存在那种灰色光芒，主要集中在头部。辉美心想，大家脑子都很累啊，一定是学习太辛苦了。

“好了，这个部分请哪位同学来朗读一下呢？”老师环视教室里的学生，辉美正好抬起头，跟他对上了视线。下一个瞬间，老师全身的光芒猛地增强了。

要被点名了，她想。

“好，小冢。你来读吧。”

因为早已预料到，辉美并没有犹豫，很干脆地应了一声，拿着教科书站了起来。

关于自己身体的变化，辉美并没有对任何人说。在色彩感觉刚开始变敏锐的时候，她跟相马功一谈过，但那以后的事，她就再也没对他提起过。不，应该说无法向他提起。而那个无法提起的理由，也正是她身体发生变化的契机。

事情要回溯到三周前。那时正好是新学年，辉美刚升上初二。

有件事让她很是介怀，那就是相马功一突然完全不跟她联系了。以前他经常让辉美坐在摩托车后座上兜风，最近却完全看不到人影。莫非是因为光瑠的音乐会准备工作真的很忙，还是他原本就对一个初中女生毫无兴趣呢？

正好在那时候，附近的会场举办了一次光瑠的音乐会。她也收到了门票，于是就找两个朋友去看了。音乐会依旧美妙无比。观众的狂热程度仿佛一次比一次更甚，光瑠演奏的光盘和录像带也销量大涨。而且跟普通的音乐会一样，每次演奏结束，光乐迷们都会跑到后台出口等待演奏者光瑠走出来。

跟辉美一起去的朋友提议去看光瑠一眼。但是辉美知道光瑠不会在人前现身，因此并不怎么想跟过去，只是要跟她们解释自己跟光瑠的关系也挺麻烦，便一起去了。果不其然，从后台走出来的只有别的工作人员。光瑠很可能已经从其他出口偷偷溜走，这会儿已经躺在高级轿车的后座上了。

我们走吧——就在她劝朋友离开时，相马功一从后台出口走了出来。

“啊！”辉美拨开人群想走到前面去。她只想跟功一打声招呼。就算不行，至少也想让他看到自己。如果功一看到她，一定会露出最棒的笑容。

辉美差不多挣扎到人群最前方时，突然停下了动作，因为她看到功一背后走出来一个陌生女人。一个陌生女人走出来并没有什么问题，让辉美大受打击的是，那个女人竟很是亲热地跑向了功一，并且功一也很高兴地回头看着她。辉美凝视着功一的眼睛，他的眼里已经没有了别人，目光只聚焦在那个女人身上。

谁？那是谁？辉美呆站着，用目光追逐着功一和那个女人，那个不认识的女人，非常漂亮的人，成年女子，让功一露出那种幸福表情的人。

告诉我，那是谁——辉美心中发出呐喊的同时，不可思议的事情发生了。她觉得周围突然变暗了。什么都看不到，什么都听不到。身边的时间仿佛静止了。在一片昏暗中，功一的身体发出了光芒。

那光芒实在太不可思议了。介于白色和金色之间的颜色包裹了他全身。更奇妙的是，光的强度并不稳定，一直在变化。

是什么，这光到底是什么——辉美呆呆地看着功一。她很快发现了一个规律：功一只要看向那个女人、跟那个女人说话、触碰到那个女人时，他身上的光就会变强。

他喜欢她啊！辉美瞬间便醒悟了。与此同时，她也毫无抗拒地接受了这个神秘的光芒。尽管她无法解释这种现象，但光对她道出了真相。

“辉美，你怎么了？我见你刚才一直往前挤，怎么又突然发起呆来了？”朋友来到她身边问道。

“嗯，没什么。白河光瑠应该不会从这里出来了吧。”辉美在人群中转身，走了出去。她在途中回了一次头，看着功一，心里默念了一声再见。

伴随着小小失恋而来的奇妙现象，后来也频繁地在辉美眼前发生。老师发改好的考卷时，她在某个男生身上也看到了那样的光芒。那个男生接过考卷后，身上的光芒猛地增强了。尽管男生当时装作面无表情，但后来听说他那次小测验得了满分。他本人说自己没有信心，但辉美认为那是谎话。正因为很有自信，他才会在看到结果之前就发出那样的光来。

有一次她在放学后跑去看参加艺术体操部的朋友训练。她上课时总是一副昏昏欲睡的样子，可是辉美在体育馆里看到的她，却全身散发着炫目的光芒，包裹在乳白色光芒里翩翩起舞，看起来就像真正的精灵一样。

一开始，辉美还以为光芒只会出现在生气勃勃的人身上。可是慢慢地，她发现无论什么人都会散发光芒。并不只有人，连小狗小猫也会发光，甚至植物也是。只是，那些光芒的强度各不相同。即使是同一个人，由于身体状况和精神状态的不同，光芒也会时强时弱。患病的人在患病部位的光芒会减弱。相反，如果将注意力集中在身体某一个部位，那里的光芒就会变强。辉美曾经目睹过一位老师练书法，他的指尖散发出了强烈的光芒。如果是植物，在发芽前的那段时间光芒最盛。

自己为什么会看见这些东西，辉美一点都不知道，而且这也不是能够跟别人商量的事情。不过，她很肯定这跟光瑠的光乐不无关系。于是她对自己说，既然这是光瑠的引导，也就没必要害怕了。另外，她还有一个想法，光瑠是否早在很久以前就能看到这样的光芒了呢？或许正因为这样，他才能牢牢抓住年轻人的心吧。她想见见光瑠，想对他报告这件事。可是现在的他已经是云端之人。他们再也不能像过去那样交谈了。

这天放学后，同年级的一个女孩告诉了她一个奇怪的消息——今晚白鸟公园会举行光乐演奏会。

“啊，那怎么可能？”辉美马上说，“我听说白鸟公园已经不会再开演奏会了啊。”

“现在就是要开啊。我们去看看吧？”

“当然要去。”辉美断然说道。如果光瑠回来了，那真的像做梦一样。可是，那种事情真的会发生吗？

那天夜里，许多年轻人来到白鸟公园，看来大家都听到了那个传闻。这里已经好几个月没有如此热闹了吧。辉美感慨地看向露天舞台。

“咦，怎么回事？还是要收钱啊。”

入口处搭起了一个临时售票点，人们必须在那里购买门票。辉美想，与光瑠现在的音乐会门票相比，价格是优惠了不少，但以前他在这里演奏的时候根本不收门票钱啊。

“啊，不对！”在售票点排队时，朋友突然惊叫一声。

“什么不对？”

“不是白河光瑠。你看那边的招牌。”

她顺着朋友的手指看过去，那上面写着“光乐”两个大字，旁边却是一个完全不认识的名字。只有宣传单上才印着光瑠的名字，写着“挑战白河光瑠 新锐光乐”。

“哦，原来是有新人出来了啊。怎么办啊，辉美？”

“来都来了，不如看看吧。”

辉美想，那或许是跟光瑠拥有相同能力的人。如果真的是，那她也许可以找那个人商量自己的事情，在那个人像光瑠一样走到她难以触及的地方之前。

她们坐在露天观众席上，辉美想起了光瑠第一次在这里演奏时的场景。当时功一还坐在她身旁。他现在怎么样了呢？是不是跟那个漂亮的女人在一起呢？

就在她胡思乱想的时候，周围暗了下来，舞台上出现了器材和演奏者。那个器材跟光瑠使用的光乐器非常相似，十二盏灯一个都不少。唯一不同的是器材后面摆着几面巨大的镜子。

演奏者是辉美从没见过的面孔。他就像电影《莫扎特传》里登场的莫扎特一样，穿着夸张的衣服。

一阵沉寂之后，演奏缓缓开始。曲子是《查拉图斯特拉如是说》。那是被某著名科幻电影采用后广为人知的曲目。

“哇，真漂亮！”辉美的朋友在她身边感叹道。

辉美却没有任何感觉。演奏使用的光确实很多，但仅此而已，其中不存在任何调和与统一。她觉得那简直就像用扩音器放大的噪音。尽管如此,演奏者还是如痴如醉地演奏着。音乐听起来不算太差,想必他对合成器的操作非常娴熟。可是在光乐方面，他真是一点能力都没有。他无非是借用了曲子的力量和镜子的虚张声势来蛊惑一无所知的观众罢了。

看着那些毫无秩序的光，她感到脑袋生疼，干脆闭上了眼睛。朋友似乎挺高兴的。总之先等到结束再说吧。可是朋友却敲了敲辉美的膝盖小声说:“我怎么觉得有点无聊了。”

“回去吧。”辉美提议道,“这家伙是个假货。”

两人站了起来，让她惊讶的是，很多观众也离开了座位。诈骗、假货、瞎模仿，这样的话从各个方向传了过来。

走出公园后，她看到前方出现了一张熟悉的面孔，是相马功一隶属的暴走族的首领，名叫宇野哲也。辉美看了看周围，确定功一不在后走了过去。他似乎也发现了辉美，脸上露出吃惊的表情。

“小辉也来了啊。专门来看这种无聊的把戏？”

“首领不也来看了嘛。”

“我这是侦察，毕竟人家有可能是劲敌啊。不过光瑠倒是跟我说只要无视就好。”

“原来光瑠知道他是假货啊。”

“好像是。他说，今后一定还会出现更多那样的人。”

“但全都是骗钱的。”

“不，好像也并非全是假货，当中也有可能出现真有能力的人，只是还需要一点时间。所以现在不管是假货还是什么，只要有亲自演奏光乐这种动向就很值得欣喜了。”

“亲自演奏光乐？”辉美惊讶地问。

“嗯。怎么说呢，那家伙的想法我完全无法理解。”

“唔……”辉美脑中浮现出一个想法，但没有说出来。

“再见啦。”说完，首领就跨上摩托车发动引擎，转眼便离开了。

“那是谁啊？挺厉害呀。”朋友着迷地问。

辉美只是含糊地回了一句：“嗯，认识的人。”刚才那个想法正在她脑中渐渐膨胀。

那么大胆的事，那么没有自知之明的事，怎么能跟别人说呢？我自己演奏光乐……

# 15

看到清濑由香跟两个朋友走在路上，志野政史用手撑着下巴，将精神集中在大脑的某一部分。他看到她们全身开始散发出淡淡的光芒。

“志野，我有件事想求你。”由香在他面前合起手掌，用甜甜的语气说。那一瞬间，她身上的光芒明显暗淡了。

“什么事啊？”政史假装不知道她们的想法，问道。

“门票。”由香说，“光瑠的音乐会，能帮我们想想办法吗？下个月不是要在这里举办吗？好不好，求求你嘛。只要三张就够了。”她旁边的两个女生也露出谄媚的微笑低下头来。这对她们来说可能是非常不情愿的事，三人身上的光芒眼看着便暗淡得几乎看不见了。

“不好意思，没有余票了。”政史话音刚落，她们便抬起头来，毫不掩饰脸上的不满。

“啊，真的吗？”由香遗憾地说，“明明以前还挺容易就能拿到票的嘛。你不是说跟光瑠有私交吗？”

“确实如此，可是现在跟以前不一样了。毕竟人家人气正旺，很难顾及我。”

“哦。”

“抱歉。”

“没事，这也没办法嘛。那下次就拜托啦。”

由香带着两个朋友从政史面前走开了。他凝视着她们的背影。三人发出的光芒渐渐恢复了。这样啊，这样啊，原来你们这么讨厌跟我说话啊。现在那三个人一定在说我的坏话吧。她们唯有这种时候看起来最开心。至于证据，你看她们不是光芒正盛嘛。

政史现在已经能够自由操纵这个某天突然出现的特殊能力了。除了有可能是光瑠的光乐影响，他对这种力量可谓一无所知，不过，他大致理解了这种唯有他能看到的光芒的含义。简单来说，光芒展示了一个人的精神状态和健康状态。

所谓精神状态，也包含感情。政史可以根据光芒判断接近自己的人的感情变动。他发现，一直被他当成好朋友的同学，其实只对他的学习能力和家财有兴趣。

可是最让他受打击的，是得知了清濑由香的本性。由香在他面前从来没有卸下过伪装，就算很亲密地与他接近时，她身上的感情之光却忠实地展现出郁闷。至今为止，她在政史面前展现的笑容和表现的亲近，全都是为了拿到光瑠演奏会的门票罢了。

得知真相后，他深受伤害，但讽刺的是，让伤痛得到缓和的还是清濑由香。在得知了她的本性后，他还是会不由自主地看向她，并渐渐发现了一个奇妙的现象：跟由香来往的那些人很多都对她心怀恶意。尽管如此，由香还是被众人追捧奉承，自以为是。那个光景他只能形容为滑稽。

大家都一样，大家都如此丑陋。仔细观察一番，他发现周围充满了面具、伪装和欺瞒。哪里都不存在真正的友情，所有人心中都满是算计。

连老师也一样。他们的教学中大多都存在惰性，声音大并不代表心中充满热情。有的老师在结束课程准备走出教室时被学生提问，于是内心厌烦不已。另一方面，那天某个男老师在走廊上跟女生说话时，全身发出的兴奋光芒怎么看都不像身为老师应有的情绪，更像是男人站在喜欢的女人面前。

政史的观察当然并没有停留在学校内部。让他更为痛苦难耐的其实是待在家中的时间。父亲在无视母亲，表面上扮演着温柔体贴的丈夫形象，但心早已被医院的某个年轻护士夺走了。或许是早已对此有所察觉，母亲也很讨厌父亲。唯一能让母亲感到兴奋的，只有涉及儿子和金钱的事情。而政史看得出来，这两样东西实际上也能用一句话来概括，即母亲只重视自己：自己的生活，自己的奢侈享受，以及自己老有所养。

昨天因为这个，家里还发生了矛盾。当时他正与母亲一起吃晚饭。

“你有什么想说的，干脆说出来好吗？”政史放下筷子，质问母亲赖江。

赖江一脸茫然地看着他。“我没什么想说的。”

“少装傻了，你一直在留意我。”

赖江身体靠近政史的一侧光芒更加强烈。那意味着她的注意力集中在那一侧即政史身上。

赖江脸上闪过毛骨悚然的表情，随后绷着脸说：“妈妈只是在想，你最近身体怎么样啊。”

“没什么事。”

“真的？可是你的脸色不太好，妈妈很担心。”

“真烦人，这跟你没关系吧。下次要是再把我拉到什么医院去，我可不会留情面。”

“你说话怎么这么凶……我还不是为了你嘛。”

“你只是担心我再这样下去会变成神经病，万一继承不了家里的医院，就没人给你们养老了。你心里在想什么，我都清楚得很。”

“妈妈怎么会想那种事呢？”

“那你的意思是，我不用继承医院？”

被政史逼问，赖江的光芒变得异常微弱。尽管如此，她还是回答：“嗯，当然可以啊。如果你不喜欢的话。”

“别说大话了！”砰！政史两手往桌子上一拍，站了起来，对母亲的话置若罔闻，走进自己的房间。一阵剧烈的头痛袭来，让他在床上躺了一个多小时。母亲在外面一直敲门，他高声喊道：“别开门，我不想见到你！”

今早他连早饭都没吃，就悄悄离开了家。因为实在不想见到父母，他只能这样做。

我今后该怎么办呢——灰色的不安笼罩了政史。

# 16

政史到底会变成什么样？我儿子到底会变成什么样啊？

志野赖江一直在烦恼。政史的样子比以前更奇怪了。尤其让她在意的，是儿子看她的眼神。那充满猜疑的目光，仿佛看穿了一切的表情。最近只要被政史凝视，赖江就会不由自主地瑟缩起来。

一切都是那个的错。赖江想起了光乐。啊，当时就不该让他再去的。当他还在建设中的市民中心观看演奏会时，一定还来得及让他忘掉光乐，而她却害怕儿子的成绩会下降……啊，啊，怎么会这样呢？怎么会这样！莫非已经晚了吗？

丈夫秋彦完全派不上用场。他曾经把政史强行带到熟人所在的脑神经外科去做检查，结果却空手而归。而且因为那件事，政史越来越不信任父母了。

“现在正在调查。事情没那么简单，因为目前对光乐还没有任何科学解释。”

秋彦仿佛在找借口。不，赖江认为那就是借口，是针对自己儿子的异常，身为医生的父亲却无能为力的借口。她必须做点什么。

可是到底能怎么办呢?

就在赖江处于那样的精神状态时，她收到了一封信。寄信人写的是“光乐害对策研究会”。光乐害，这个词引起了她的注意。

信中的文字是打印的，内容让人感觉写信的人很有修养。信中声称这个研究会目前正在调查最近引起热议的光乐对孩子们的恶劣影响，还说是一个以家庭主妇为中心组建的团队。如果有人正在为这种事情烦恼，请一定上门相商。除了信以外，里面还有一张复印纸，纸上列举了许多被认为是光乐害的案例。细细一读，竟有许多与政史符合的内容。

下一个周日，赖江造访了研究会的办公室。所谓办公室，其实只是很普通的单间公寓。她在对讲机前报上姓名，门打开了，一个戴眼镜的女人探出头来，脸上完全没有化妆的痕迹。

“您是志野夫人吧？”对方问道。赖江来之前先打电话联系过了。

“是的。”

“请进。啊，不用脱鞋。”

房间里摆着一张办公桌，周围放着文件柜。里面还有一个女人，见到赖江进来便从椅子上站了起来。她把头发梳到后面扎成一束，同样没有化妆，卷着衬衫袖子，给人精力充沛的印象。

她们简单地做了自我介绍。卷起袖子的女人是会长，戴眼镜的女人是副会长，两人都是家庭主妇。听到她们都有个念初中的儿子时，赖江吃了一惊。因为两人看起来都只有三十出头。

“那么请您说说您家里的情况吧。”会长请赖江坐下，打开了话题。

赖江说话时，两人时而对视一眼，时而默默点头，还提了几个问题。但赖江很确定，两人看起来都不怎么惊讶，仿佛已经听腻了这样的故事。

“我明白了。”赖江说完后，会长点点头，“毫无疑问，就是光乐害，而且还是非常典型的例子。”

“我们将其称为疑似毒品中毒症。”副会长说。

“毒品……”

“毒品中毒患者都会表现出同样的症状。”会长说，“疑心变重，觉得所有人都对自己有敌意。”

一点没错，赖江想。“那个，到底该怎么办呢？”

两个女人表情尴尬地沉默下来，对视了一眼。随后，会长说：“很遗憾，现在还不存在治疗方法。”

“怎么会……”

“但我可以这样说。毒品中毒患者只要断绝药物来源就能恢复健康。因此，当务之急是断绝光乐供给。除此以外别无他法。只是跟毒品不同，光乐目前还不是违法的东西，因此不可能完全断绝。要做到这一点，就必须让白河光瑠的活动彻底停止。为了这个目标，我们目前都在努力。”

“如果不能实现目标，我家孩子会变成什么样？”

“症状会持续恶化。”说完，会长对副会长使了个眼色。副会长起身打开了房间一角的录像机和显示器电源。“现在给您看的是某个已经开始显露出末期症状的孩子的录像。我们经过孩子父母同意，特别拍摄了这份资料。”

会长话音刚落，屏幕上就出现了画面。那是一个面色苍白、形容枯槁、目光散乱的男子。只见他抱着膝盖，低声嘟哝着什么。

“他的容貌看上去就像个老人，但实际只是个初中生。”

会长的话让赖江彻底哑口无言了。画面上不断出现各种类似症状的孩子。所有人都如同废人一般。

“这些孩子目前都在家休养，可是依旧没有任何可行的治疗方法。而且，就算带到医院进行所有能够想到的检查，都会显示这些孩子的身体没有任何问题。医生的说法是，没有异常就无法治疗。他们无视了我们提出的光乐为害主张，一直想把话题引到学习过度劳累导致精神分裂或是家庭问题上面去。”

“我家孩子以后也会……”

“应该会变得跟录像上的那些孩子一样。现在只是时间问题罢了。”会长断言道。

赖江仿佛失去了最后一根救命稻草。

“所以，志野夫人，”副会长在旁边说，“为了防止今后出现同样的受害者，我们必须站起来反抗。跟我们一起努力吧。总有一天，我们会让光乐从这个世界上消失。”

赖江瞪着戴眼镜的女人。今后？为了防止出现同样的受害者？总有一天会让光乐消失？开什么玩笑！重要的不是今后，而是现在！现在就必须想办法治好政史。

离开办公室后，赖江依旧沉浸在震惊中。必须想想办法。快点，快点！

必须让白河光瑠的活动彻底停止——会长的话突然浮现在她脑海中。

## 17

从出租车上走下来，相马功一抬头看着眼前的建筑。那是一栋通体银色的大楼，让人联想到在不久的将来会出现的要塞。

“无论看多少次，这栋公寓都太漂亮了。”大津圣子在功一旁边说，“我也想在这里住住，只要一周就好。”

“你要是这么说，光瑠会生气的哦。毕竟他不是住在这里，而是被软禁在这里啊。”

“如果是我，被软禁也心甘情愿啊。”说着，圣子吐了吐舌头。

大楼入口设置了安保系统，是一个类似小型刷卡机的装置。功一把自己的ID卡插进去，输入了密码。很快，旁边的玻璃门悄无声息地打开了。这张ID卡只有居住在公寓里的人才能申请到，没有卡的人无法随意进入大楼。最近刚刚加入光瑠团队的圣子尚未得到这样的卡片。

两人乘坐电梯到达十楼，来到长长的走廊。最里面那扇门后面便是光瑠的住处。按了一下对讲机，另一头传来宇野哲也的声音。功一报上名字，门很快就打开了。

“辛苦了。”哲也说，“怎么样？”

“没怎么样。”

“又是假货吗？”

“很遗憾，你说得没错。”功一回答。

功一今天白天带着圣子参加了一场音乐会，是三个自称能够操纵光线的年轻艺术家包下一个迪斯科舞厅举办的。功一只在里面坐了十分钟，就对圣子说“我们出去吧”。因为他一下就看出那是假货了。

哲也噘起下唇，晃了晃下巴让他们进去。穿过门厅，是一个足以举行排球比赛的巨大客厅，光瑠正坐在角落的桌边，好像在写什么东西。功一马上明白了，他一定是在创作新曲子。

“功一他们来了。”哲也对光瑠说，“据说又是白跑一趟。”

光瑠把椅子转过来对着功一等人。“啊，真是太遗憾了。不过这种连续的失望应该也不会持续很久了。”

“总有一天会出现真正的光乐家，对吧？可是那可不好说啊。我觉得那应该是唯有光瑠你才拥有的特殊才能。”功一说出了今天观看那场冒牌音乐会时脑子里冒出的想法。

“不会的。”光瑠平静地说，“现在虽然可以称之为特殊才能，但这其实是每个人都拥有的潜在能力。一旦开始觉醒，就会产生连锁反应。现在这种状态应该可以称为等待溃堤的时期，也就是蚂蚁正在不遗余力地挖掘堤坝的阶段。用不了多久，水就会从蚂蚁挖的洞中一点点漏出来，随后开始侵蚀堤坝，小小的漏水将会引致更大范围的漏水。最后堤坝就会崩溃，大量的水倾泻而下。这样一来，就再也没有人能阻挡，无论拥有多大的力量。”

“到时候会变成什么样？”哲也问，“随便什么人都可以演奏光乐吗？”

“只要想演奏就能做到。就像现在只要有心，无论是谁都能演奏乐器一样，但是以此为职业的人，也就是被称为音乐家的人却屈指可数。或许光乐最终也会到达那个阶段吧。”

“那剩下的人怎么办？就算光乐才能觉醒了，也不去利用吗？”

“不，不是那样。除了演奏之外，他们还能在更重要的事情上运用这种能力。很快你就明白了。”

“很快是什么时候啊？”功一问。

“就是很快啊。”光瑠笑了笑，将目光转向站在功一旁边的圣子。“圣子差不多习惯这边的工作了吧？”

突然被光瑠搭话，圣子好像一时没反应过来。她先看了一眼功一，犹豫了一会儿才回答：“嗯，还行吧。虽然还有很多事我都不懂。”

“你只要照功一说的话做就可以了。”光瑠笑着看了看她和功一。被那样的目光注视，功一总感觉自己连内心深处都被看透了。

玄关传来响动，有人进来了。能够随便进出这个房间的，也只有一个人而已。

“人真齐啊。”身穿藏蓝色西装的佐分利一手插在裤兜里走了进来，身后跟着一脸浓妆、看起来一点都不像日本人的女秘书，她今天穿着紧身高叉西装裙。“新曲写好了吗？”佐分利问光瑠。

“我想还要两天时间。曲子已经写好八成了。”

“我等不了两天。”佐分利依旧一手插在裤兜里，环视着房间。功一不知道详情，但这座公寓似乎也是佐分利那个公司的资产，所以他有可能是查看资产时顺便过来走走。“好，那我再等一天，明天晚上开始拍摄。摄影棚已经准备好了。哲也，明天六点把光瑠带到摄影棚去，听到没？”

知道了，哲也回答。

佐分利就近找了张沙发坐下。“这次的目标是一百万盒录像带。怎么样，有信心吗？”

“或许有可能呢。”光瑠淡淡地回答，“不过，我们最好把那当成顶峰，之后的销售数字有可能会下降。”

“你是说盗版吗？”佐分利一脸烦闷地说，“好像数量还不少啊。下次我派人到录像带出租店去抽查。今天早上开会也说过这事。”

“为光乐申请著作权的事怎么样了？”哲也问。

“我已经叫律师去办了，最近应该能有结果。不过，光乐器的专利权比较麻烦。”

“那应该不太可能吧。”光瑠若无其事地说，“不管是彩色灯管还是合成器，都是既存的东西，就算把它们组装在一起，可能也不能称之为新发明。如果要申请专利，也只有回路部分比较有希望了。”

“没错。所以我们正在往那个方向走。”

“那样很好啊。话说回来，录像带销量回落并不只是因为盗版横行，还有更根本的原因。”

光瑠的话让佐分利的眉毛抽搐一下。“什么意思？”

“仅凭电视机上的画面，已经难以满足眼睛挑剔的光乐迷了。其原因就在于阴极管的机制。它可以通过混合红、绿、黄三种光来发出任意颜色的光，却无法组合出黑光。拿电视机来打比方，即使切断光源，画面也不会变成黑色，而是变成阴极管本身的颜色。这样一来，就不能称之为真正的光乐了。因为黑色在光乐中也是必不可少的。”

“啊，难怪。”功一拍了拍手，“我就觉得很奇怪来着。最近看光乐的录像已经不会像以前那样心情激动了。”

“我觉得那是很正常的。即便在初识光乐时能够得到满足，过一段时间后也会越来越不尽如人意。”

“那到底要怎么办？如果是阴极管有问题，那么就算刻成光盘也没有意义了。”佐分利用烦躁的语气问道。

“作为光乐的硬件，使用阴极管是存在局限性的。我认为有必要开发别的硬件设施。”

“听你这语气，好像是有什么想法啊。”

佐分利歪着嘴笑了起来。光瑠也笑着点了点头。“我打算制作一种微型光乐器。在里面植入很小的电脑，读取CD或软盘的信号，自动演奏。换句话说，就是能在自己家里享受音乐会氛围。这是跟电子钢琴的自动演奏装置一样的创意。”

“原来如此。这样一来，我们就能把CD和软盘当成软件销售了。”

“或者只需要数据卡就足够了。”

“很好。”佐分利打了个响指，“有意思。如果顺利的话，那种产品说不定能复制立体声磁带的辉煌。老实说，我已经接到三家多媒体机器生产商关于光乐器的咨询了。我跟他们谈谈吧。”说完，佐分利对女秘书给出了几个指示。“好了……”佐分利从沙发上站起来，“明天在录影棚见吧，期待你的新曲子哦。拍摄完毕后就要开始下周音乐会的准备了，这次我打算做大做夸张，你可要加油啊。”

他们离开后，哲也长出了一口气。“真是暴风雨一样的人啊。还是跟以前一样气场逼人。”

“但也很绅士。”光瑠说，“不仅绅士，还值得信赖。虽然有点硬来。”

功一点点头。

关于佐分利那个公司的真面目，功一其实一无所知。或许那不应该称为“公司”，而应该称为“组织”才更合适。可是，这几个月的相处已经让他充分感受到了他们的强大实力。借助佐分利他们的力量，光乐已经传遍了整个日本。

同时功一也隐约察觉到，组织的头目并不是佐分利，以前听哲也说过的“会长”说不定才是真正的幕后操纵者。可是他从未提起过这件事。至少在佐分利面前，他是绝对不会说的。直觉告诉他，那是非常危险的举动。

“不过真的没问题吗？明天之前真能创作出新曲？”功一问。

“当然可以。应该说，我已经写好了。”光瑠挤了挤眼睛，“这样就能优哉游哉地待到明天晚上了。”

就在众人表情缓和下来时，电话响了。哲也接起电话，又把话筒递给光瑠。好像是从光瑠家里打来的。说了几句话后，光瑠的表情变得有点僵硬。“辉美吗？”

听到那个名字，功一心里惊跳一下。小冢辉美出什么事了吗？

“嗯……我知道了。没关系，可以送给她。因为我已经不需要那个了。”随后，光瑠又汇报了一下自己的近况，不一会儿便挂了电话。

“小辉怎么了？”哲也问。

“嗯……”光瑠犹豫了片刻，然后笑着说，“没什么，只是以前约好了要借书给她，她好像一直记得这件事，就跑到我家去了。所以我刚才说，让她随便挑自己喜欢的书。”

“唔，原来小辉喜欢看书啊。”哲也有点感慨地说。

功一觉得有点奇怪。就算他们真的有过那种约定，辉美又为什么要在这种时候跑到光瑠家去呢？她应该也知道光瑠现在不住那里了。他转念一想，光瑠应该也没有理由对他们撒谎啊。

大约一个小时后，功一和圣子离开了公寓。天已经黑了下来。

功一说“我送你回去吧”，圣子摇了摇头。

“今天我跟朋友约好了。是高中同学。”

“这样啊。那只能在这里道别了，我把摩托车停在了这里。”

“嗯。明天见。”

圣子挥挥手，转身走向车站。功一目送她的背影离开，转身走向了停车场。

晚上八点二十分，木津玲子来到酒店。男人正在房间里抽烟等着她，烟灰缸里已经塞满了烟蒂。

“怎么这么慢。”男人把手上的烟塞进烟蒂堆成的小山里摁灭，随后说道。

“我回去换衣服了。我才不想穿那种不讲究的衣服到这种地方来。”

“你不是穿着那种不讲究的衣服跟相马功一约会了嘛。”男人倒了两杯白兰地，将其中一杯放到玲子面前，“后来有什么变化吗？”

玲子喝了一口白兰地。“佐分利采纳了光瑠的提案，开始探讨光乐器的商品化。他们打算主推的不是乐器，而是欣赏光乐用的视频器材。”

男人眼中闪过一丝光芒。“制造商有意向吗？”

“好像还没找他们谈。据说目前有三家制造商咨询过。”

“不太好啊。”男人皱起了眉，随后喝了一口白兰地。

“你好像视光乐如眼中钉啊，莫非是老师的指示？”玲子话音未落，就被男人瞪了一眼。她忍不住把脸转开了。

“我看你好像有点事不关己的态度啊，可是如果放任光乐发展下去，连玲子你也会遭殃的。”

“什么意思？”玲子问。

“我的意思是，整个社会的机制有可能会被彻底颠覆。”

“怎么可能！”

“现在，”男人举起酒杯，在空中画了个大大的三角形，“世界是这样的金字塔构造。这座金字塔很有可能会被整个颠倒过来。”

“为什么会那样？不就是光乐而已嘛。”

“就是因为区区光乐，现在小鬼们全都聚集到了一起。不仅仅是聚集在一起，他们还在蠢蠢欲动。无论使用什么手段，都要阻止他们。”

“我不太懂。”玲子说，“而且那座金字塔被颠覆，我也不知道自己能获益还是会吃亏。”

“你怎么可能获益呢？”男人用烦闷的语气恶狠狠地说，“我们目前处于金字塔的顶点附近。所以一旦发生那种事态，必然会受到损失。”

“唔……”玲子含糊地应了一声，啜饮一口白兰地。她一点都不觉得自己处在金字塔顶点附近。自己想要的东西确实都能到手，可是她也因此做了许多牺牲。

“话说回来，”男人一边爬上床一边说，“那帮人下一步打算怎么办？白河光瑠这回又想干什么？”

“对了，他今天说了些让我有点在意的话。”

“他说了什么？”

“大坝崩溃的话题。”玲子把光瑠的话重复了一遍。目前还是蚂蚁挖洞的阶段，只要有水流出来，无论多大的力量都再也无法阻挡。

“那个人也讲过类似的话。”男人苦着脸说。那个人自然指的是“老师”吧。“也就是说，今后那种小鬼会越来越多吗？那又怎么样？”

“我也不知道。”玲子摇着头说。

“算了。反正那帮人也就现在还能随心所欲了。”

“怎么了？”

“计划进行得很顺利。白河光瑠下一次音乐会是下个月吧？”

“没错。在国际音乐堂举行。佐分利在这次音乐会上比平时还要下功夫。”

“哼，他们也只能得意到那天为止了。”

“那天会发生什么事吗？”

“反正到时候会给你下达指令的，你就期待着那一天的到来吧。对了——”男人躺在床上伸出手，将玲子拉了过去，“你跟相马功一处得还不错吧？”

“他没发现我的真实身份。”

“他已经享用过这具身体了吗？”

下流的言辞让玲子皱了皱眉，凝视着男人的脸。

男人意味深长地笑了。

“你让他抱过了吗？呵呵，那可真是……”说着，他把手伸向她的大腿。

玲子不动声色地叹了口气。最讨厌的时间又要开始了。

## 18

辉美看了一眼纸箱里的东西，感到深深的绝望。数也数不清的线缆、复杂的机械，这些都让她不知所措。她觉得这根本不是自己应付得了的东西。为什么我会想到自己来摆弄这个东西呢——她呆呆地看着纸箱，心里越来越气愤。自己把愚蠢的心血来潮错当成了绝妙的好主意，不仅如此，竟然还付诸了实践，她对这样的自己实在是气愤不已。

纸箱里装的是光乐器，但并不是光瑠现在使用的那种复杂装置，而是他一开始召唤辉美等人时用的简单乐器。他把这东西说成了跟民谣吉他差不多的东西。

当辉美脑子里冒出自己演奏光乐的想法时，头一个想到的就是这个乐器。那东西应该还放在光瑠家里吧。他现在可能也不用了，只要问问他，应该能借过来吧。

于是，昨天辉美鼓起勇气去了白河家。她知道光瑠家在哪里，但还是头一次去。她见到了光瑠的母亲，觉得对方是一位优雅温柔的知性女子。辉美不禁感慨，真不愧是光瑠的母亲。辉美提出想借乐器，那位阿姨就给光瑠打了个电话。光瑠的回答让辉美很意外，因为他竟然说可以把乐器送给她。乐器被拆分开来装进了纸箱。辉美对光瑠的母亲说：“我觉得自己应该能组装起来。”当时她满脑子只有得到乐器的兴奋。

可是回到家稍微冷静下来后，她总算意识到了自己的鲁莽。对机械和电气一无所知的她，是不可能组装得了这种东西的。就算勉强组装起来了，她也不知道究竟该怎么演奏。既无法组装又不会演奏，那么这个难得的宝物也就只能成为一堆废铁而已。

我真是个笨蛋，该死的笨蛋——辉美盯着纸箱里的东西，在心里痛骂自己。

不过到了第二天，事情出现了转机。光瑠给她写了一封信。第一句话是“好久不见”，然后是这样的内容：

好久不见。听说你过得还不错，我也放心了。我写这封信，是因为猜到你不懂乐器的使用方法，一定在为难呢。信封里另外附有组装的说明书和使用方法，请你用来当作参考吧。

我早已预感到总有一天会有人来取走那个乐器。或许可以说，我一直都在期待这一天的到来。而那个人竟是辉美你，真是让我太高兴了！

光乐不存在任何规矩。只要听从自己的心意，将信息转化为光就可以了。总有一天会有人接到你的信息。那个时候，便是新世界的开始。

请你一定要努力。

致我的同胞。

光瑠

辉美读了两遍，觉得体内似乎涌出了某种不可思议的力量。自己的变化、自己想做的事，这些光瑠都懂！

致我的同胞——这句话打动了她的心。光瑠把她当成了同伴。光瑠认可了她。

辉美又拿起另外一张纸。纸上用简洁明了的话语说明了光乐器的组装和使用方法。只要有了这个，她一个人应该也没问题了。

“我会加油的。”她对着窗外喃喃道。光瑠所说的新世界仿佛就在前方。

# 19

收拾好晚饭的碗筷后，志野赖江一个人走进起居室打开了电视机。最近她经常这样。政史一直躲在房间里不出来，丈夫秋彦又不在家。赖江知道秋彦很可能在逃避。他在逃避政史的目光。只要被儿子凝视，就觉得自己连内心最深处都被看透了。心怀众多秘密的秋彦恐怕无法承受那样的目光。

电视正在播放娱乐节目。一个全身缠绕着装饰电灯的男人正在弹钢琴。看着看着，赖江发现那是模仿白河光瑠的滑稽表演，马上按下了电源键。刺耳的噪音消失后，周围只剩下沉重的静寂，连空气都开始变得黏稠，让她难以呼吸。

赖江几乎是下意识地站起身，昏昏沉沉地走上了台阶。待她回过神来，已经把耳朵贴在政史房间的门上了。里面传来微弱的动静。她仔细倾听。是音乐声，电子音乐。而且还是似曾相识的《波莱罗》，白河光瑠演奏过的曲子。

她一把拉开房门。房间并没有上锁，室内一片漆黑，只有电视屏幕闪烁着光芒，上面映出的正是光乐。政史坐在床上，面无表情地盯着屏幕。赖江开了灯，找到旁边的插座，不管不顾地拔掉了上面的插头。音乐声消失，电视上的图像也不见了。

“你干什么？”政史从床上跳起来。

“妈妈不是说了，不准再看光乐吗？那些录像带应该都被我处理掉了……你是从哪儿搞来的？”

“你管我是从哪儿搞来的。而且随便丢掉别人的东西，实在是太过分了！”

“这个啊，就是毒品，它会侵蚀你的身体。妈妈前不久刚听别人说过的。”

“那全是骗人的。”

“不是骗人，是真的！所以求求你，忘掉光乐吧！”

“不。没有这个我已经活不下去了。”

“政史……”赖江倒抽一口凉气，看着儿子瘦削的脸。

“出去！下次再随便扔我的东西，我不会原谅你。”说完，政史把赖江推出房间，用力关上了房门，紧接着里面传来上锁的声音。

“政史，政史！”赖江不断敲门，里面却没有任何反应。最后她沮丧地蹲下来，低声呜咽着，泪水止不住地流淌。在光乐害对策研究会看到的录像又在她脑海中跳了出来。如同老人一般失去了活力的少年，形同废人的少女……政史有一天也会变成那样吗？

第二天，研究会给她打来了电话。联系她的人是副会长大隅友子。大隅在电话里说，想找她当面谈点事情。赖江便指定了家附近的咖啡厅。

“百忙之中打扰您了。”大隅友子低下头说，“后来令郎的情况如何呢？”

赖江摇了摇头。她想，自己的样子看起来应该很无奈吧。

“这样啊。”大隅友子叹息一声，“其实大家都是这样。我们想办法断绝光乐，却始终无法顺利进行。因为孩子们会不惜动用一切手段去看那个东西。”

“有没有什么好办法呢？”

赖江希望自己还有最后一根救命稻草。大隅友子却摇了摇头。

“我们目前也在研究更有效的方法，可是这并非戒烟这么简单。老实说，实在是太困难了。”

“是吗……”赖江垂下头，心想既然答案如此，还不如不告诉她。

“那个，志野夫人。其实我今天找您是有事相求。”大隅友子略显郑重地说。

“啊？”赖江抬起头，“什么事呢？”

“下个月，白河光瑠将在国际音乐堂举办音乐会。”大隅友子说，“据说那场音乐会的规模将是前所未有的。我还听到传闻，说各界知名人士都接到了邀请。”

“真的吗？”赖江担忧地想，政史可能也想去吧，必须想办法阻止他。

“事情是这样的，我想请志野夫人也去参加那场音乐会。”

“啊？”赖江凝视着她的脸，“我去？为什么？”

“当然是去抗议。”大隅友子斩钉截铁地说，“光乐是多么大的祸害，让多少少年痛苦不堪——我们不仅要让白河光瑠知道，也要让世间意识到这个问题。”

“可是，我不知道该怎么抗议……”

赖江摇着头，大隅友子却坚定地看着她，仿佛在说不用担心。

“实际的抗议活动由我们来负责。志野夫人只要为我们创造契机就可以了。”

“契机？”

“要让白河光瑠的演奏中断。我们届时会在别的地方待命，所以必须另外有人来完成这个任务。”

“那个，具体要怎么中断呢……”

“这个并不难。”大隅友子说，“只要在演奏中拿着抗议书走上舞台就可以了。白河光瑠的保镖很有可能会马上冲过来，在此之前，我们就会出场。到时候请志野夫人跟我们会合。抗议书由我们来准备，在音乐会开始前会交给您。”

赖江脑中浮现出那样的场景。在几千名观众的注视下，她独自一人登上舞台。这实在太为难了。“我没办法……”

“志野夫人。”大隅友子的语气骤然冷了下来，“错过这次机会，下次就不知何时才能执行了。想必白河光瑠今后也会一直演奏光乐吧。那样一来，就会出现越来越多的牺牲者。令郎也会永远陷入毒品的泥沼中无法自拔，最后变得形同废人。您真的能接受那样的状况吗？”

大隅友子的话直刺赖江的内心深处。唯有政史，她必须想尽一切办法来拯救。“抗议之后，真的能解决问题吗？”

“我也不知道。可是若一直这样下去，事态无疑会变得更糟糕。”

赖江摇着嘴唇低下头。放在膝头绞紧的双手已经沁满了汗水。

“您会协助我们吧？”大隅友子再次向她施加压力。

赖江考虑了一会儿，轻轻点了一下头。

# 20

放学后，小冢辉美邀请朋友洋子和小薰到家里来玩。两人都露出了略显吃惊的表情。

“辉美会这么说，真是难得啊。”洋子说。

“嗯，其实我想给你们看个东西。”

“什么？”小薰问。

“看到就知道了。提示就是跟光乐有关。”

单凭这句话，辉美就感到两人的关注一下变强了。那两个人都是忠实的光乐迷，所以她才会邀请她们。

“唔，好像挺有趣啊。”洋子兴奋地说，“我去。”

“我也去。”

“那你们四点左右过来吧。在此之前我先做好准备。”

“还要做准备？”小薰不可思议地说。

“嗯。”好歹是一场音乐会啊，辉美话到嘴边又咽了回去。如果现在说出来，她们是不可能相信的。

回到家后，辉美马上走进了自己的房间。最近除了吃饭时间，她几乎从不离开房间。她打开壁橱，拿出由三个灯泡组成的光乐器。电源和操作用的键盘都塞在书桌底下。连接好所有设备后，她插上插头，拉起了窗帘。紧接着，她又用晾衣服的夹子把用零花钱买的黑色厚布夹在窗帘上。这样一来，就能遮掉很大一部分外界光线了。

她关掉房间照明，在黑暗中一动不动地冥想了一段时间。快乐的事情、讨厌的事情、伤心的事情，各种过往经历在脑海中浮现，随即又消失。一开始那些事都毫无共通之处，仿若一盘散沙，但随着冥想的深入，渐渐凝聚成一个明确的意志，在心中扎下根来。意识到那一点后，辉美把手伸向了键盘。

三个球形光团在黑暗中泛起了淡淡的光芒。随着她手指的移动，光团也发生变化。她并非一边思考一边演奏，而是凭借本能在操纵光芒。光瑠的信上写了这个乐器的使用方法，可直到现在，她才总算明白了那句“只要听从自己的心意，将信息转化为光就可以了”。

原来这就是光乐——辉美凝视着自己演奏出的光之旋律，默默地想。只罗列出漂亮的光芒让它们闪烁是毫无意义的。必须表现出自己的内心。难怪那些冒牌光乐家无论动用多么夸张的设备，都无法获得观众的半点感动。

她切实地体会到，现在的自己应该能实现那种感动。尽管远远不及光瑠的才能，但她做的至少已经超越了虚假的模仿。

四点钟如约前来的洋子和小薰替她证明了那并不是盲目的自信。最初二人只是抱着好玩的想法，可是看了辉美的演奏，却渐渐露出了如梦似幻的表情。她们的样子跟此前被光瑠的光芒吸引，聚集到小学教学楼顶上的少男少女们别无二致。

演奏结束后，两人呆呆地坐了好一会儿。

“太厉害了！太厉害了！辉美。”辉美打开房间的灯后，洋子好像总算回过神来了，“简直跟真的一样。不，就是真的！”

小薰也说自己被感动了。“不知道怎么回事，就是好感动。”

“辉美，不如让大家也看看吧。”

听了洋子的话，辉美慌忙摇起了头。“肯定不行啦，会被笑话的。”

“不会被笑话的。大家一定会大吃一惊。试试看嘛，好不好？让大家聚集到教室里，办一个迷你音乐会。”

“如果真的要办，不如去理科室哦。”小薰也兴奋起来，“因为那里的窗户有遮光幕啊。”

“嗯，理科室更好呢。”洋子用力点点头，双手抓住了辉美的肩膀，“试试看吧，辉美。这真是太厉害了！”

辉美难以置信地看着兴奋难耐的朋友们。她们之所以会说这种话，无疑是因为看过光乐后心情变得异常激动。可见自己的光乐真的拥有此种力量。

我考虑考虑，辉美回答。

她们离开后，辉美开始考虑自己今后应该做的事。她很明白，目前光乐并不是什么人都能演奏的东西。迷你音乐会也挺不错啊。可是除此之外，还有没有更有效、范围更广的传达方法呢？

到了晚上，父母和祖母都回来了。他们还是跟以前一样，尽量不打照面地过着自己的生活。可是最近辉美有点明白他们为何如此互相憎恶了。从他们身上发出的光来看，这三个人似乎都在害怕彼此。虽然表面上装出无视的样子，但他们的意识都如同利剑一般集中在对方身上。对方在想什么、打算做什么，他们一无所知，因此感到恐惧，最终关闭了自己的心扉，竭力不露出半点破绽。

“不用害怕我”——如果能说出那样的话，他们或许能够渐渐接受彼此。可是要说出那句话，本身就需要精神层面的亲近。

言语是有极限的——看着自己的家人，辉美心想。就在那个瞬间，她得到了启示。上床准备睡觉的她不由自主地坐了起来。

她好像知道自己该做什么了。

辉美走下床，打开窗户。夜的静谧湮没了整个世界。在这个世界上，无论任何地方都存在一群少男少女，他们追寻的是超越了言语的某种东西。

就像那时候的我一样，辉美想。

## 21

不对，还是不对。可是他并不知道哪里不对。

志野政史深陷苦闷之中。他体内的什么东西正在寻求强大的光芒。这种感觉他并非第一次经历。每当这种时候，只要坐上一小时欣赏光瑠的演奏，就能感到畅快无比，但最近这种强烈的渴望并不一定只是在渴求光瑠的演奏。应该是别的东西，可他不知道那究竟是什么。

最近政史看到人体内部发出光芒的能力越来越强了。只须看上一眼，他就能将对方的心理状态把握到非常细致的程度。可是在大多数情况下，那都会让他变得心情郁闷。自然而然地，他就开始抗拒出现在别人面前，最近连学校都不怎么去了。因为他变成这个样子，母亲赖江明显对光乐无比憎恨。政史在内心感叹母亲的肤浅，因为他并不是由于光乐而开始讨厌人，而是通过光乐知道了人的本质，因此沮丧不堪。

政史打算找光瑠谈谈。很快就有光瑠的音乐会了。据说要在国际音乐堂举行，是有史以来最大的一场演奏，届时他可以想办法制造跟光瑠说话的机会。

赖江曾经跟他提起过那场音乐会，问他是不是打算去。

“当然去啊。”政史回答，随后开始观察母亲的反应。

赖江露出了伤心的表情，但并没有反对。从她全身发出的光芒来看，她的思考好像完全集中在另一件事上。可是，就算是政史，也看不出到底是什么事让她如此分心。

沉闷的日子就这样持续着，某天晚上，政史不经意间看向窗外，还没来得及眺望夜景，就发现了让人难以置信的东西——曾几何时看到的那道光又出现了。

不，不应该说曾几何时，政史至今仍对那时的场景记忆犹新。他绝不可能忘记那天晚上的事，那天，自己第一次看到光瑠发出的光芒。

那道光显得很微弱，色彩变化也略嫌单调。只是它确实在演奏着旋律。那是应该只有光瑠才能演奏的光之旋律。

光瑠在那里吗？怎么可能！政史带着这个想法凝神眺望着。从那道光的距离和位置来推测，演奏者所在的地方只有一个可能：第三小学的屋顶，光乐最初被演奏出来的地方。

政史赶紧换上衣服，偷偷溜出了家门。他究竟有多久没干这种事了呢？他感觉那段时光是最快乐的。最近他的体力有所下降，没跑几步就喘不上气了，但他还是一刻不停地迈动着双腿。此刻的兴奋与第一次寻求光芒而奔跑时截然不同。这次发出光芒的人莫非也是光瑠吗？如果不是光瑠，到底会是谁呢？

不一会儿，政史就来到了小学门口。他毫不犹豫地沿着楼梯跑了上去，紧接着打开连着天台的小门，跨了出去。他屏住了呼吸。

跟那时一样——他看着眼前的光景想。

十几个孩子抱膝坐成一圈，他们中间有三个光球在以奇妙的节奏重复着闪烁和变色。而演奏的人——

政史有点怀疑自己的眼睛。演奏光乐器的人，竟是他所熟知的小冢辉美。一年前在这里跟他一起，沉浸在光瑠的光乐中的伙伴。

她也能演奏吗？这一事实让政史忌妒不已。可是他同时也感觉到，比那更汹涌的某种感情正从体内溢出来。

辉美似乎也发现了政史的到来。她停止演奏，凝视着他。

政史眼中看到的，并不是光乐器的光，而是辉美的身体发出的光芒。她的光已经完美地转化成了信息。政史瞬间便理解了信息的内容，也可以说理解了辉美。与此同时，他也确信辉美同样理解了他。因为辉美不可能看不到他身上发出的光。

政史一步一步地朝辉美靠近，体会到了阔别许久的内心安宁。就是这个！他苦苦寻求的东西就在眼前。

辉美站起来，退后了几步，随后朝光乐器摊开手心，向他发出邀请。

政史点点头，坐到光乐器前。他做了个深呼吸，按下了一个按键。蓝莹莹的光芒照亮了四周。那是他向世界发出的第一道光芒。

# 22

距离光瑠的音乐会还有两天。

这一晚，来到木津玲子公寓的相马功一比以前更加积极，甚至可以称之为热情。面临重大工作，他们每天都紧张而忙碌。想必他在通过与玲子的温存来舒缓精神上的疲惫吧。玲子在接受了他第二次射精后，心里突然想，如果他们是真正的恋人该有多好啊！可是现在想那个也没什么意义。因为功一现在抱着的，是名叫大津圣子的朴素而认真的姑娘。

“这次音乐会结束后，我们搬到一起住吧。”功一躺在床上，搂着玲子的肩膀，略显犹豫地说。

玲子用大津圣子的表情仰视着他。“在这里吗？”

“不，这里太小了。老实说，我也打算离开家独自生活了。到时候准备租个2DK的房子。等我搬家了，你愿意过来吗？”

玲子把脸埋到他的臂弯里。她在考虑该如何回答。

“不愿意吗？”功一又问了一遍，仿佛在催她回答。

“并不是。”玲子抬起头，“可是……怎么说呢，我觉得那太不自然了。倒不是说我在意别人的目光。”

她的话与时下女孩子的想法有些脱节，似乎让功一一时难以理解。

“话虽然是这么说……那你的意思是，只要结婚就可以了？”

“结婚……那还太早了。你不觉得吗？”

“我啊，”功一假装气愤地盯着天花板，“我就是想一直跟圣子在一起而已。圣子你没有那种想法吗？”

“我当然也想跟你在一起啊。”

“那还犹豫什么？”

“等等，别逼得这么急啊，我也有我的考虑。我妈妈也有可能突然从家乡跑过来，到时候我该怎么说才好？”

功一沉默了，似乎认同了她的说法。“那样一来，”他说，“我们还是只能结婚了。”

“所以说，现在还太早啦。”

“那你说还要等多少年？”功一认真地看着她。

玲子躲开他的目光，摇了摇头。“我不知道。功一你怎么想？”

“我也不知道。”说着，他从床上站起来，套上内裤，开始穿衣服。

“你生气了？”玲子躺在床上问。

功一回头看着她，露出了微笑。“我没生气。”

“我会好好考虑的。究竟要等多久才不算太早。”

“抱歉。”

“你没必要道歉。”

见功一开始穿鞋，玲子用浴巾裹住身体走了过去。功一给了她一个温柔的拥抱，又轻吻了她一下。“明天早上我来接你。”

“嗯，我等你。”

功一挥了挥手，打开门走了出去。玲子听着他下楼梯的脚步声，发现心中慢慢萌生了某种不可思议的情绪。她知道那是为什么。是因为他说出了“结婚”这个字眼。她从未憧憬过那种东西，也从未跟自己联系在一起考虑过。正因如此，她无法不去在意那个字眼。玲子躺回床上，咀嚼着功一刚才说的每一个字。一回想起结婚这个字眼，她就莫名其妙地心烦意乱。扰乱她心绪的并非结婚这个行为，而是考虑结婚这个举动。在此之前，她连这样的机会都从未得到过。

阴郁的记忆在她脑中复苏。

玲子口中家乡的母亲确实存在。她的家乡是面朝日本海的一个小渔村。父亲早在她幼年时就遭遇海难死了。当时得到的保险金让母女俩的生活维持了一段时间，但未来一片渺茫。就在那时，一个附近的地主开始接近她们。那男人长着一张宛如爬行动物的脸，总是习惯性地舔嘴唇。从那时起，那男人就开始频繁出入玲子的家，甚至对玲子的母亲亲密地直呼其名，经常在家里过夜。

“我不喜欢那个叔叔。别让他来我们家了。”玲子曾经对母亲恳求道。

“你怎么能这么说，我们可是靠他养活的。”母亲一脸无奈地回答。

地主和母亲的关系持续了好几年，玲子也慢慢成长起来。地主看她的目光渐渐改变了。

高中二年级的一天夜里，玲子一个人在房间睡觉，突然有人钻进了她的被窝。她正要大喊，却被那人捂住了嘴。她闻到薄荷香烟的气味，马上意识到来者是那个地主。男人的另一只手伸进了她的睡衣里。玲子奋力抵抗，用力咬住了男人捂住她嘴的手。男人大喊一声，把手松开了。她趁机从被窝里爬出来，跑出房间到处寻找母亲。

事后玲子回想起来，觉得真正让她震惊的并不是自己被侵犯，而是后来的事情。

她在浴室找到了母亲。母亲正在为男人准备热水。

“混蛋，你居然把自己女儿给卖了！”玲子怒火中烧。母亲似乎想说什么，却被她的气势吓得呆坐在地上哑口无言。

玲子后来的行动虽然是出于冲动，但回想起来却是正确的。她转身走向起居室，抽出茶柜抽屉，一把抓住放着生活费的口袋。随后，她到厨房拿了把菜刀，回到自己房间。地主正盘腿坐在地上，一脸不高兴地揉着被咬的手。他抬头看到玲子手上的菜刀，慌忙逃出了房间。玲子把菜刀插在榻榻米上，打开壁橱拽出自己的衣服，胡乱塞进旅行袋。紧接着，她又拿着旅行袋，穿着睡衣走出房间，发现男人和母亲正在起居室等着她。

“你去哪里？”母亲胆怯地看着她。

“少啰唆！”玲子举起菜刀对着二人。他们马上缩了回去。“要是敢追过来，别逼我下狠手。”说完她就离开了家，狂奔起来。

后来玲子来到东京，靠打零工维持生计。弥补了高中退学这一弱势的，是她超出常人的美貌。如果她的运气再好一点，完全有可能站到演艺界或时尚界的华丽舞台上。可是，她并没有那么好的运气，只能在夜幕统治的世界中运用自己的美貌。尽管如此，她每次回到正常世界，还是会趁白天去设计学校念书。这是她最后的抵抗。

就在那时，她遇到了那个自称相津的男人。她从学校走出来时，一辆高级进口汽车停在了身边。车窗打开，一个男人探出头来。“上车，我有事找你。”

玲子至今都不明白，为什么当时自己没有无视那个人。莫非是因为男人的声音里有种让人难以抗拒的力量？有可能，但那并不是全部原因。更大的理由在于，当时她真的累极了。她真切地感到了极限的逼近。玲子坐上了男人的车。那是一切的开端，或许也是一切的终结。

外面传来门锁打开的声音，紧接着，门被粗暴地打开。玲子回过神来。

“你终于回来啦。”男人走进来，盘腿坐在床上，“不愧是年轻人，体力真不错。”

玲子默默地披上了浴袍。今晚她并不想让这个男人看到自己的身体。

“后天就是音乐会了吧。准备得怎么样了？”

“好像很顺利。据说门票已经卖光了。”

“上回跟你说的门票弄到手了吗？”

玲子在床上伸出手，拿起桌上的包，从里面抽出一个信封，扔到男人面前。“GS 席位，前边第二排，最左侧。”她说。

“旁边是通道吧？”男人打开信封抽出门票，一边查看一边问。

“没错。只要一直往前走就能走到舞台边缘。那里有登上舞台的台阶。”

“保镖呢？”

“不在舞台附近。只要行动足够迅速，应该不会被阻拦。”

“白河光瑠在舞台上一直都是一个人吧？”

“嗯。演奏一小时，休息二十分钟，然后演奏五十分钟。演奏时他一直都是一个人。”

“好。”男人点点头，把票塞进西装内袋，站了起来，“音乐会期间，你待在哪里？”

“应该是后台休息室。”

“尽量离舞台远点。”说完，男人便准备离开。

“等等，”玲子叫住了他，“到底要发生什么事？你想干什么？”

“到后天你就知道了。”

男人微微一笑，打开了门。

# 23

您所拨打的号码是空号——无论打多少次，听到的都是同样的回应。志野赖江拿着听筒疑惑不已。她重新看了一遍笔记，应该没有错，这确实是光乐害对策研究室的号码，以前她明明打通过。

这可麻烦了，我该怎么办——赖江看了一眼时钟，心里越来越焦躁。如果要去参加音乐会，她得开始准备出门了。尽管心烦意乱，她还是坐到梳妆台前化起了妆。

她给研究会打电话是想拒绝今天的计划。在众目睽睽下登上舞台，自己实在是做不到。而且老实说，她对光乐害已经没有之前那样神经质的反应了。应该说，看最近政史的样子，她觉得儿子好像逃过了最糟糕的情况。尽管心似乎依旧被光乐占据，但他现在已经不会随便冲别人发脾气，对赖江的态度也越来越平和了。赖江不知道是什么促使他发生了这种变化，但他无疑正在好转。

可是，既然电话打不通，那她只能先去会场看看。之前她已经跟研究会的人约好在入口会合，然后拿到针对白河光瑠的抗议书。她决心在那一刻拒绝他们。

赖江赶在开演三十分钟前到达国际音乐堂，此时正好开始入场，已经有一大批人聚集在正门处了。赖江站在离人流稍远的地方，不一会儿就发现大隅友子悄无声息地站到了她身旁。大隅友子带着一副浅色太阳镜，赖江一时没认出她来。

“这是门票。”说着，大隅友子拿出一张纸片，“前边第二排，最左侧。”

“那个……”

“还有这是上回说好的抗议书。”大隅友子又拿出一个小小的纸袋。赖江接过来，摸到里面有个像便当盒一样大小的盒子，还有点重。“里面不仅仅是文件，还有一个小型录音机。只要打开盖子，就会传出朗读文件的声音。所以你千万不要擅自打开。”

“那个，大隅女士……”赖江捧着纸袋，说出了希望拒绝这次任务的想法。

正如她预料的，大隅友子的表情突然冷了下来。“这种时候还在说什么呢！这可不是您一个人的问题。”

“我明白。可是登上舞台这么招摇的事，我实在……”

“那您要跟我换吗？”大隅友子冷冷地说，“我的工作是等您交出抗议书后，拿着扩音器从后方的紧急出口闯进来，同时还要大声要求中止音乐会。您更喜欢这个工作吗？”

“我怎么可能……”我怎么可能干得了那种事。

“听好了，志野夫人。”大隅友子的语调变成了控诉，“我们为今天已经做好了万全的准备。几十个同伴都在周围屏息潜伏，等待完成自己的任务。而我们的任务，就是废除光乐。所以到了这个关键时刻，只因为自己的孩子有所好转就放弃任务，会给我们带来非常大的麻烦。”

“这我也知道。所以今天早上给你们打了好多次电话，可就是打不通。”

“电话？”大隅友子脸上闪过惊讶的表情，随后恍然大悟般点点头，“我们搬办公室了，看来还没有通知到您。这次搬迁也是为了今天的行动，毕竟今后我们将会面临诉讼等诸多问题。我们准备召集更多人，把事情闹大。所以，”说着，她抓住了赖江的肩膀，“请您一定不要逃避，不要背叛我们。别让我们的辛苦全都打水漂。”

听到如此强硬的请求，赖江也不知道该如何回答了。确实，在这种节骨眼上遭到拒绝，她们一定也会感到非常头痛吧。“我知道了。”赖江低下头说，“我就按照约定办事。可是，请您下次不要再找我了。”

“您现在退出对我们来说是巨大的损失，但这也没办法。”大隅友子如释重负地说，“那么，麻烦您按照计划，在白河光瑠登上舞台不久后展开行动。”

“我知道了。”

听到赖江的回答后，大隅友子快步离开，仿佛害怕她再次改变想法。赖江捧着纸袋，一边查看票面内容，一边走向入口。

大厅里挤满了等待开演的人，空气闷热不堪。旁边有一处可供客人饮食的区域，也已经坐满了人，周围还能看到没有座位的人站着吃三明治的光景。观众的年龄层果然是十几岁和二十出头居多，可是也有不少穿着西装的中年男人和盛装打扮的中年女子。想必被光乐夺去心灵已经不是年轻人的特权了。仔细一看，其中甚至还混杂着演艺界人士的身影，但都不是非常出名的人。更著名的艺人和文化人士恐怕还有专用的等待场所吧。

看到这里，赖江不禁暗想，光乐究竟是什么东西啊？她通过政史了解到的东西，都不能归入艺术或娱乐范畴。她觉得那好像是更接近人类本质的东西，否则绝不可能在如此短的时间内捕获如此多人的心。

大厅里的人动了起来。已经接近开演时间，大家都在走向自己的席位。赖江也看着门票走了过去。

正如大隅友子所说，她的座位在前边第二排最左侧。旁边就是通道，最适合趁人不注意登上舞台。她是怎么弄到这个座位的？赖江感到有点不可思议。她在电视上看到过报道，这场音乐会的门票很难拿到。

赖江把目光转向舞台，发现正中央摆着一台奇怪的机器。十二个球像时钟一样排成一圈。她还是头一次这么认真地审视光乐器。看着那奇怪的外形，赖江感到疑惑，这种东西到底要怎么吸走人心呢？

座位渐渐被填满，会场照明开始变暗。赖江用力抱住放在膝上的纸袋。她的手心已经满是汗水。

开演铃声响起，全场瞬间安静下来。照明更加昏暗，不一会儿就变成了一片漆黑。赖江突然有点焦急，担心周围太黑会让她动弹不得，所幸几秒钟后双眼就习惯了黑暗，能够勉强辨认出通道。这多亏了每扇门上亮起的“紧急出口”灯光。

很快，观众们开始鼓掌。赖江凝神细看，却根本看不到舞台上有什么，旁边的年轻女人却说：“太厉害了，今天光瑠也穿了燕尾服。”

赖江又看了一眼舞台，却连光瑠是否站在上面都看不到。说不定在光乐迷中，有许多对光异常敏感的人。很快，会场里开始流淌乐曲的旋律。与此同时，十二个球亮了起来。直到此时，赖江才看到了正在演奏光乐器的光瑠的身影。在场应该有很多人跟她一样吧。因为到了这一刻，舞台下又响起了稀稀落落的掌声。

赖江不断做着深呼吸，可依旧无法平息剧烈的心跳。她开始全身冒汗。

快去，快点去。她感到双腿不受控制。可是一想到正在等待自己行动的大隅友子等人，她又觉得自己不能一直呆坐在这里。

赖江刻意将视线从舞台上移开，随后站了起来。她一步又一步地沿着通道前进。毕竟身处黑暗，观众们又凝视着舞台，似乎没有人发现她的行动。

赖江开始走上舞台一侧的台阶。她终于感到周围的气氛发生了变化。似乎有人跑过来了。她加快了脚步，待她回过神来，已经站在了舞台上。

白河光瑠好像也发现了她。他一边演奏，一边看向赖江。

舞台一侧有人走了出来。赖江拿着纸袋冲向光瑠。

光瑠先是惊讶地看了她一眼，随后视线飘向了远处，紧接着他的表情变了。“危险，不要过来！”他对试图跑过来抓住赖江的人喊道。

危险？这是怎么回事——赖江想着，看向手中的纸袋。就在那个瞬间，爆炸声伴随着白色的黑暗蔓延开来。

# 24

相马功一刹那间不知道发生了什么。光瑠正在演奏，一名女子从观众席走上了舞台。功一从舞台一侧跑出来准备抓住她。

危险，不要过来——光瑠大喊一声，功一条件反射地弯下了身子。瞬息之间，震耳欲聋的巨响和冲击侵袭了他的全身。

他清醒过来，发现自己倒在了舞台上。功一慌忙抬起头，眼前滚落着一个破碎的白色灯泡。那是光乐器上的彩色灯泡。乐器上半部分被炸断，冒出了黑色浓烟。舞台上一片火海，连一部分观众席也冒着烟。

舞台和观众席之间，一具女性尸体像坏掉的玩具一样躺在地上，尸体的下半身还残留着能够分辨的形状，胸部以上已经难以辨认，皮肤已经一片焦黑，冒着一股股烟雾。

零点几秒的沉默之后，人们开始失控。几千名观众同时站起来，紧接着会场里充斥着尖叫和惊呼，所有人都试图逃离现场。特别是靠近舞台的观众，几乎全都涌到了紧急出口。

“工作人员快去疏导观众！你们发什么呆呢！”大喇叭里传出一

个愤怒的男声。那声音似乎让人们更加慌乱了。会场四处都能听到女人的尖声哭喊。

混乱中，舞台的幕布也烧了起来。熊熊火焰更是激发了人们的恐惧。

“各位观众，请冷静下来。目前会场发生了火灾，各位只要冷静行动即可保证安全。请大家一定要冷静行事。”广播的声音没有半分沉着，丝毫不能让观众们冷静下来。而那一大群保镖也早已不知道去了哪里，可能已经趁乱早早逃出去了。

功一再次看向光乐器，发现乐器后面倒着一个人。从黑色燕尾服可以看出，那是光瑠。

“光瑠！”功一站起来跑了过去。

光瑠俯卧在地，四肢缩在身下，背上满是玻璃碎片。

“光瑠，你没事吧？”

功一抱着光瑠的肩膀，试图把他扶起来。光瑠发出了痛苦的呻吟。

“脚上……右脚上好像有东西。”

“脚？”功一仔细一看，发现他脚上刺了一根约有一厘米粗细的金属棒，看起来像是乐器的零件。“真的。刺进去了……”

“帮我拔出来。”

“好。”

功一握住金属棒，用尽浑身力气拔了出来。光瑠发出一声野兽般的号叫。好不容易拔下来的金属棒已经被光瑠的血染得通红。

“能站起来吗？”

“你扶我一下应该可以。”

功一把光瑠的手臂搭在自己肩膀上，想扶着他站起来。可是光瑠受的伤好像不只是右脚，稍微动一下身体似乎就痛得难以忍耐。可是下一个瞬间，光瑠的身体突然变轻了。功一往旁边一看，原来宇野哲也从另一边撑住了光瑠。

“功一，你受伤了吗？”哲也大声问道。周围一片骚动，若不发出这么大的声音，对方根本听不到。

“没有。”功一也大吼着回答。“各位观众，请不要慌张，听从附近的工作人员指挥，有序行动。”宛如恳求一般的广播不断重复着。可是观众们毫无听从之意，依旧惊恐万状地挤在紧急出口附近。

“喂，那不是政史吗？”哲也途中回头看了一眼。

功一也回过头去，发现政史在舞台前摇摇晃晃地转悠着。“那家伙到底在干什么？”功一说，“在那种地方磨磨蹭蹭的，待会儿就逃不出去了。”

这时，一直虚弱得说不出话来的光瑠小声说：“刚才那是……他的母亲。”

“啊？”

“没错。”哲也说，“我就觉得在哪里见到过。那确实是政史的妈妈。”

“为什么政史的妈妈会……”

“现在不是想那个的时候。总之先离开这里再说。”

他们从舞台走到后台，发现工作人员正拼命搬运着货物。功一等人混在他们中间从后门逃了出去。

“找个人叫救护车来！”一走到外面，哲也就大喊一声。

很快，大津圣子从人群中挤了出来。“我已经叫了，应该很快就到。”

“圣子，你受伤了吗？”

“我没事。还是先找地方让光瑠躺下吧。”

他们打开货车后备厢，铺好毛毯，让光瑠躺了上去。

“功一。”光瑠叫了一声。

“怎么了？”

“辉美在附近吗？”

“小辉？”功一看看周围，并没有见到小冢辉美，“好像不在这里。应该是跟别的观众一起从前门逃出去了吧。”

“是吗……”

“怎么了？如果你有话想跟她说，我可以帮你转达。”

“不。”他摇摇头，“靠言语是不行的。”

“言语？”

就在这时，消防车开了过来。穿着防火服的消防员们冲进了建筑。会场的窗子里还在往外冒着浓烟。

不一会儿，救护车也来了。急救人员用担架抬走了光瑠。

“光瑠！”佐分利挤开人群出现了。他跑向担架。“喂，光瑠，你没事吧？”

“没什么。对了，佐分利先生，请您去找一个叫小冢辉美的女孩子。现在她应该也能演奏光乐。万一有什么事情，请您让她代替我演奏。然后，请您一定要拼尽全力保护她。”

“什么？你什么意思？”

光瑠未做回答就被送上了救护车。

佐分利转身看着功一等人大吼道：“喂，找个人一起过去！”

“我去吧。”功一说着，跳上了救护车。

# 25

小冢辉美的音乐会席位是前边第二排，她目睹了从政史的母亲走上舞台到她递给光瑠的纸袋突然爆炸的全部过程。

那样的事态完全超出了她的想象。一切都让她觉得自己在做梦。特别是政史母亲的身体被炸得支离破碎的瞬间，简直就是一场噩梦。

辉美被卷进恐慌的人群，只能努力顺着人流走。一旦逆向前进，随时有可能被撞倒，甚至被踩踏。她身后就有几十个观众接二连三地跌倒了。

辉美总算逃出了那座建筑，但她还是很担心光瑠。爆炸离他那么近，他不可能毫发无损。精神上的疲惫更胜于肉体，辉美几乎是摇摇晃晃地回到了家。双亲通过电视的新闻速报得知了事件消息，见到她没有受伤，全都流下了喜悦的泪水。

那天深夜，辉美发起了烧，体温蹿升到三十八度三。她一直做梦。当眼前出现爆炸的场景时，她就挣扎着醒过来。每次惊醒，身上都会被汗水浸透。不知在第几个梦里，光瑠现身了，笑着向她招手。她慌忙跑了过去，却始终无法靠近。

第二天是周日。烧退了，她感觉好了很多，坐到餐桌旁看着报纸，头版已经被昨天的事件占满了。

人们已经判明登上舞台的女人是志野赖江。根据报纸上的记载，是她儿子政史出来指证的。辉美想起来，他昨天确实坐在附近。警方迟迟无法查出她为什么要做那种事。报纸的论调是，一个普通的家庭主妇绝无可能弄到如此厉害的爆炸物，其背后一定有组织在牵线搭桥，但警方代表坚称目前还无法下任何定论。

那时候——辉美想起了志野赖江登上舞台的情景。辉美没有从赖江的身体上看出任何危险的光芒。如果她真的对光瑠心怀杀意，全身必定会发出邪恶的光芒，可是她身上发出的只有代表精神紧张的光。可能光瑠也因此直到爆炸前都没有任何警觉吧。

志野赖江并没有杀害光瑠的意愿，她甚至不知道自己手上拿的是爆炸物——这就是辉美的推理。她觉得必须把这个消息传达出去。可是究竟该告诉谁呢？她该如何让别人理解自己能够读取他人的精神状态这一事实呢？

就在辉美陷入烦恼时，宇野哲也出现了。“能跟我一起来吗？”哲也站在玄关说，“这是光瑠的指示。”

“光瑠怎么样了？”

“他受伤了，但没有大碍。现在还在医院里。”

“啊，太好了！我知道了，你等我一会儿。”

辉美回到房间，将光乐器拆开放进纸箱里拿了出来。哲也问那是什么，她就告诉了他。哲也先是吃了一惊，随后点着头说：“光瑠果然没说错。”

“光瑠说什么了？”

“详情我们在路上谈。”

停在公寓大楼外面的并不是哲也平时骑的摩托车，而是一辆轿车。辉美对此提出了疑问。哲也说：“现在小辉是我们的 VIP 了。”

“VIP？”

“对啊，一旦出了什么意外，我们得请你代替光瑠演奏。”随后哲也告诉她，那是光瑠被抬上救护车之前说的话。

“我没办法代替光瑠啦。现在好不容易才学会用这个小乐器呢。”

“别说那种话，帮帮我们吧。光乐好不容易传播到了现在这个程度，我们可不想让它止步于某个时期的热潮。而且，现在除了光瑠以外，只有小辉你能演奏光乐了。”

“啊，那可不对哦。”辉美看着坐在副驾上的哲也说，“还有一个人也会。”

“还有一个人？是谁？我认识吗？”

“你肯定认识。就是志野啊。”

“政史吗？政史竟然能演奏光乐……这是真的吗？”

“当然是真的。”

辉美把自己在第三小学屋顶上像以前的光瑠那样演奏光乐，以及政史出现在那里并参加了演奏的事情说了一遍。

“还真有这事啊！”哲也惊讶地摇着头。

辉美被带到了一座她见都没见过的豪华公寓里。那座公寓仿佛全是用镜子做成的，从下面仰视时让人睁不开眼睛。光瑠的房间在十楼。可是光瑠并不在里面，只有几个年轻男女在宽敞的起居室里忙碌。起居室角落有张沙发，上面坐着一位体格高大的中年绅士。辉美不禁想，他真像外国电影里的黑手党教父。她读了绅士的精神状态，发现他全身散发着焦躁的光芒。

“佐分利先生，这位就是小冢辉美。”哲也介绍道，“我们都管她叫小辉。小辉，这位是光瑠的赞助人，佐分利先生。”

您好，她打了个招呼。佐分利并没有表露出焦躁，而是露出了温厚的微笑。

“你已经听宇野讲过我们的事了吗？”

“听过了。那个，我还没办法进行很厉害的演奏……”

“可是，你确实能够演奏，对吧？”

“会一点……”

“那就足够了。一和零的差距比一和一百万的差距要大得多。”

“这就是她的乐器。”哲也指着地上的纸箱说，“据说是光瑠送给她的。”

“那真是太让人放心了。”

“还有，我听小辉说，能够演奏光乐的人不止她一个。”

哲也说出志野政史的名字，佐分利的脸马上被怒火扭曲了。“那女人的儿子吗？这话我听着怎么这么不舒服。他可不像是我们的同伴。”

“我觉得志野不是敌人，而且志野的母亲对光瑠也没有杀意。”

辉美的语气实在过于肯定，佐分利似乎一时不知该如何回应，跟哲也对视了一眼。

“为什么你会那样想呢？”哲也问。

“我觉得你们应该不会相信……”辉美把自己能看到人身体散发出的光芒，以及能够通过光芒推断那个人的精神状态的事说了一遍。她担心会被嘲笑的场景并没有出现，两人的表情一直都很严肃。

“哲也，”佐分利说，“你最近也总说自己能看到奇怪的东西，对吧？”

“嗯，不过只是有时候。我问过光瑠，他说那是光乐的影响，但不用担心。我倒是还没意识到那些光究竟是什么意思。”

“那么，过不了多久，你也能跟这个小辉妹妹一样了。”

“啊，真的吗……”哲也半信半疑地说。

“总而言之，你用自己的能力观察到，志野赖江并没有杀意，对吧？”

是，辉美回答道。

唔，佐分利叠起双腿，一只手扶住了下巴。“其实我从一开始就不认为这是那女人一个人干的。换句话说，她也是被人利用的。”

“您有什么想法吗？”哲也问。

“简直太多了。”佐分利回答，“黑道、右翼、宗教团体——简而言之，我们的敌人数不胜数。”

一个在旁边忙碌的年轻男子走了过来。“那女人用的门票是留给出版社的。”

“哪家公司？”

“××出版。”

“去问过了？”

“是的。但事情非常奇怪。那边说他们一共拿到了四张票，而我们的记录上是五张。”

“什么……”佐分利皱起眉头，“知道那四张票具体是交给谁了吗？”

“知道。据说是交给了四个出版社员工，都年纪较轻，据说当天全都是本人到场。”

“你知道是谁负责分发那几张门票的吗？”

“这个嘛，”年轻男子回头看了一眼，“好像不是目前在这里的人。”

“那么现在不在这里又拥有分发门票权限的人是谁？”

“只有功一吧。”哲也低声说，“还有……圣子。”

圣子——辉美想，他说的应该就是那个女人吧，功一喜欢的女人。

“功一目前在医院。圣子在哪里？她为什么不在这里？”

“我打电话去她家问问。”哲也拿起旁边的电话机。

佐分利开始用指尖轻敲膝盖。辉美清楚地看见他的焦躁程度越来越厉害了。

哲也一直拿着听筒，不一会儿却愣愣地看向了佐分利。“圣子那家伙搬家了。电话已经打不通了……”

# 26

功一紧紧握着手机，只说了一句“怎么可能”，就沉默了下来。圣子竟然是叛徒，这绝对不可能。

“我现在就在圣子住的出租屋里。”哲也在电话另一头说，“我请管理员把门打开了。里面空荡荡的，早就人去楼空了。根据管理员的说法，她昨天就搬走了。”

“搬去哪里了？”

“不知道。管理员手上的地址是瞎编的。现在另外有人去调查居民证了。可是我不认为她会去做居民登记，可能连大津圣子这个名字都是伪造的。”

“可是……用假名字不是不能租房子吗？而且那座公寓也不是管理那么随便的地方。”

“不知道她租房的时候提交了什么文件，不过只要愿意给钱，总会有办法。我们还在调查。”

“真不敢相信！圣子……绝对不可能，一定是哪里搞错了。”

“我也很想那样说，可是眼前已经有了这么多证据，实在无法否认了。总之你先待在光瑠身边，有什么消息我会联系你。虽然不太可能，但万一圣子联系你了，也要马上告诉我，知道了吗？”

知道了，功一答道。挂掉电话后，功一还是感到脑子一片空白。初次遇到圣子那天，躲在车库里害怕得发抖的她，莫非都是演戏吗？

“是圣子的事吗？”光瑠躺在床上说。功一缓缓转过头去。光瑠又说：“果然跟她有关系吗？”

“果然？”功一瞪大了眼睛，“光瑠……你发现圣子的身份了？”

“隐隐约约吧。”

“从什么时候开始？”

“这个嘛，”光瑠叹了一口气，“从你把她介绍过来那天开始。”

“你是怎么知道的？”

“要解释这个非常困难……一言以蔽之，她身上散发着阴谋的光芒。我能看见那样的东西。”

这次换功一叹了口气。“那种事说不定真有可能啊。你真是什么都会明白，可是为什么不告诉我呢？你一直都是这个样子，什么事都不跟我们说，只有你一个人明白得很。当然啦，你是个天才，你心里的想法就算告诉我们这些凡人，也只是浪费时间而已吧。可就算是这样，这件事也没必要隐瞒吧？如果圣子是个坏女人，你只要一开始就告诉我……也就不会发生这次的事情了。”功一一口气说完，坐在椅子上抱住了头。

“而且，”光瑠补充道，“也不会让你受到这么大的伤害。你说得没错。这次确实是我看错了。”

功一抬起头，与头上裹着绷带的光瑠对上了目光。

“她明显是敌人派来的奸细，但我认为只要利用得当，可以将她转化为我们的战斗力，所以才没有把这件事告诉大家。反正只要别当着她的面谈重要的事情就可以了。我之所以隐瞒辉美已经拥有了光乐演奏能力，也是怕她把这个消息透露给敌人。”

“把圣子变成我们的战斗力？”

“嗯。我还以为能让她变成双重间谍。如今你知道她的一切都是谎言，可能会感到非常失望吧。可是，她喜欢你这件事却是真的，就像你现在也还喜欢着她一样。”

“我被利用了。她只是假装喜欢我而已。”

“一开始确实是假装。可是我看得清清楚楚，后来慢慢变成了真心，她确实被你吸引了，问题是她自己什么时候能察觉而已。只是，敌人的计划进展更快，她有可能带着犹豫的心情执行了计划。是我太天真，预料错了。”

“如果那是真的，你干吗不早点告诉我呢？说不定我还能说服她。”

光瑠还是摇了摇头。“如果她是被你说服而回心转意的，极有可能又被敌人说服回去。总之，我们只能等待。”光瑠又一次低声说了一句“是我预料错了”。

“圣子现在到哪儿去了呢？”功一试着说。

“大津圣子这个人恐怕已经不存在了。”光瑠回答。

晚上十点，功一躺到折叠床上。光瑠在他旁边发出平稳的呼吸声。他全身裹着绷带的样子很是可怜，但晚饭后请护士给他注射的止痛针应该起作用了。

功一盖上毛毯，闭起眼睛，眼前浮现出的还是圣子的身影。宇野哲也傍晚联系过他，说圣子果然没去做居民登记，租房时使用的资料也全都是伪造的。尽管如此，功一还是对圣子恨不起来。可能是因为光瑠对他说了那些话吧。但就算光瑠不说，功一也觉得自己无法恨她，毕竟跟她一起度过的时光实在是太美好了。现在想起来，他依旧能断言那是自己至今为止的人生中最快乐的时光，就算那些全都是事先计划好的骗局。

他想着想着睡着了，但很快就被奇怪的声音吵醒。他转动眼睛，看了一眼旁边的情况。

病房门被打开了，两个身穿白衣的男人似乎在检查光瑠的样子。

他们是谁啊，功一想。

那两个男人互相点点头，开始搬动光瑠。其中一个人看了一眼功一，他赶紧闭上了眼睛。他听到他们走出病房，紧接着外面又传来轮子在地上滚动的声音。功一从床上跳起来，把门打开一条缝看向外面。两个男人正推着病床走进电梯。

功一走出病房，一路跑到电梯前。这里是三楼，电梯下行。他沿着旁边的楼梯跑了下去。来到一楼后，他在走廊上四下张望。那两个男人正好推着病床经过。他小心翼翼地跟在后面。不一会儿，两个人从紧急出口来到了医院后的停车场。那里停着一辆救护车。他们把光瑠推了上去。

你们要把光瑠带去哪里——功一强忍住大喊的冲动。如果他们是敌人，可能身上有武器。他飞快地看了看周围，想知道警察到底在干什么。毫无疑问光瑠被人盯上了。功一听说警方也派人在医院周围看守着，可是他看不到一个警察的身影。

两人坐上救护车，缓缓开动。功一耐心等待救护车开出停车场后跳了出来，跨上他今早骑过来的摩托车。来到大路上，他很快就找到了那辆救护车。毕竟车身上还亮着红灯。功一保持一定距离继续跟踪，不知不觉就来到了郊外。

行驶了大约三十多分钟，救护车爬上了一座小小的山丘。功一继续保持着安全距离，跟了过去。没过多久，前方出现了一座白色的大型建筑。救护车开了进去。功一在建筑前下了车，徒步走了过去。他看到门口站着警卫，便翻过铁丝网偷偷溜了进去。刚才那辆救护车停在建筑正门外。那两个男人正把光瑠推进去，旁边还站着一个身材略矮小的中年男人。

功一藏在树下，拿出了手机，可偏偏在这关键时刻没电了。他咂了一下舌，把手机塞回口袋里，一边留意周围的情况一边向建筑靠近。

绕到建筑后面，他看到几扇窗户中有一扇敞开着，里面还亮着灯。他潜行到那扇窗户下面试图往里窥视，却听到里面传出了声音。

“没被人发现吧。”声音听起来像个老人。

“都说了没问题。就算被看到了，只要到了这里，接下来就好办了。”另外一个声音听起来略显年轻。功一觉得应该是刚才站在门外的那个中年男子。

“麻醉有效吗？”

“应该还能维持八个小时。什么时候动手术？”

手术？功一屏住了呼吸。

“别着急。这可是世界独一无二的样本。必须趁此机会获取尽量多的数据。务必要解开光乐之谜。”

“可是上头要我们尽快做开颅手术……”

开颅手术？

“什么是上头？我们没有上头，我们就是我们。我们只是在跟那帮人合作，没有义务听他们的指示。”

“我明白了。那么，手术该何时进行？”

“你跟他们说一周之内会进行。事实上拖延太久确实很危险。”

糟糕，我得赶紧通知他们——功一弯下腰，准备沿着来路返回。可是他眼前出现了一个黑影。刚才还穿着白衣的那两个男人如今已经换上了黑色工服，居高临下地看着他。

# 27

音乐会爆炸事件发生两天后的星期一，辉美去了学校。朋友们跟她聊天的内容果然都与那起事件有关。得知辉美当时就在现场，他们向她问了一个又一个问题。

“我当时只顾着逃跑了，记不太清楚。”

她对所有提问都这样回答，而那句话也并非全是谎言。

辉美今天早上又看了一遍报纸，爆炸事件的真相调查好像并不太顺利。虽然很难想象是志野赖江单人作案，但目前并没有找到她背后有什么组织或共犯的证据。与此同时，好几个认识志野赖江的人都异口同声地说，她最近看起来有点奇怪，好像一直在烦恼着什么，经常焦躁不安。还有人指出，她变成那样的原因在于自己的独生子，她说过“儿子对光乐上瘾了”。赖江的独生子政史目前行踪不明。有人认为他应该是受到了太大的打击，一时冲动离家出走了。

辉美一想到政史的心情，就感到异常悲伤。她觉得，如果眼睁睁看着母亲被炸死，换作自己或许会发疯。她很担心政史，而光瑠也让她忧心不已。虽说他受的伤并没有危及生命，但可能很长一段时间都无法演奏光乐了。我们可能需要你来代替光瑠——昨天那个叫佐分利的男人这样对她说。宇野哲也等人似乎也对她充满期待。可是她还是没有自信。她觉得自己根本无法代替光瑠。

这天放学后，辉美跟两个朋友走在回家路上，旁边突然开过来一辆黑色摩托车。

是宇野哲也。

“出大事了，快跟我走。”说完，他便朝辉美扔来一顶头盔。

“出什么大事了？”

“不能在这里说。”他回答。

辉美集中精神观察着哲也的精神状态。他全身散发出焦躁和不安，以及代表怒火的光芒。光瑠出事了，辉美意识到。“知道了，我们走吧。”她对朋友说了声“我有点事”，便戴上头盔跨坐到哲也身后。朋友们在旁边愣愣地看着他们。

“要飙起来了。”话音未落，哲也就发动了摩托车。辉美的制服裙摆翻飞在空中。

两人在那座高层公寓的停车场下了车。哲也摘下头盔，辉美从未见他露出过如此严峻的表情。

“光瑠他……消失了。”哲也在前往十楼的电梯里低声说。

“消失了？消失了是怎么回事？”辉美感到自己的表情开始僵硬，同时心跳也猛然加快了。

“他从医院失踪了。就在昨天晚上。”

“为什么？”

“我也想问为什么啊。现在根本就不知道怎么回事。今早我们接到电话，说患者不见了。我们匆忙赶过去，把附近都找了一遍，就是找不到人。不仅是光瑠，连功一那小子也不见了。”

“连功一都……”他们去哪儿了呢？辉美想。她并不认为功一会把光瑠带走。

电梯停下了。两人快步走向房间。

屋里跟昨天一样,有许多人在忙碌地走动。佐分利也跟昨天一样,坐在角落的沙发上跷着二郎腿，可是他烦躁的程度是昨天不能比拟的。

“佐分利先生，我把小辉带来了。”

哲也说完,佐分利没有露出昨天那样的笑容,只是瞥了辉美一眼,点了点头，然后对哲也说：“带她到旁边房间去。”随后又说，“跟她家里人联系，说我们先照顾她一段时间，叫他们不用担心。然后再跟学校联系，把休学手续办好。”

“知道了。”

“请等等。那样我会很为难。”辉美来回看着佐分利和哲也说，“我是说愿意代替光瑠，可是谁也没跟我说要离开家住在这里，而且还要休学……”

“这都是为了你啊。”佐分利用压抑了感情的平淡语气说，“宇野会告诉你为什么要这样做。总之现在请你听我的。”

“可是我连换洗衣服都没带……”

辉美话音刚落，佐分利就抬起右手打了个响指，一个身穿黑色西装的年轻女人出现在他身边。

“随便找几家店，让他们拿点适合辉美小姐的衣服过来。如果不好挑选，就把店里有的都拿过来。加急。”

“明白。”女人说完就退了下去。

佐分利看向辉美。“你还需要什么？”

辉美保持着笔直的站姿摇摇头。“没有了……”

“那不好意思，请你到隔壁房间休息吧。我还要忙着找光瑠。”

佐分利用手掌示意旁边的房间。那里是光瑠的卧室，除了一张特大尺寸的双人床外，还有足以摆得下两张台球桌的空间。辉美坐到床上。

“光瑠现在在哪里，佐分利先生有线索了吗？”辉美问哲也。

哲也只是摇摇头。“他好像认为光瑠不是自行离开，而是被人绑走的。我也赞成他的想法。”

“绑走……被谁啊？”

“不知道呢。不过一定是上回策划了爆炸的那帮人。”

“他们要杀了光瑠吗？”说着说着，她的声音开始不受控制地颤抖。

“不知道。不过我觉得现在应该不太可能。如果他们只是以杀死光瑠为目的，根本没必要绑走他。当然，这只是我的乐观推测。”

“如果目的不是杀他，那究竟为什么要把他绑走呢？”

“问题就在这里。”哲也说，“最有可能的是要求赎金。不过到目前为止，绑匪还没跟我们联系。”

“报警了吗？”

“报是报了。”哲也轻叹一声。“当然，佐分利先生一点都不相信警察，只是担心现在不报警，之后事情泄露出去会被抓住把柄。现在光瑠家里应该挤满了警察。”

辉美想起上回去取光乐器时见到的光瑠的母亲。儿子受了伤，还被人从医院绑架了，她一定担心得不得了吧。“那……为什么我必须待在这里呢？”辉美抬起眼睛看着哲也。

“佐分利先生推测，凶手应该是想彻底抹杀光乐。所以，能够演奏光乐的你当然也有可能成为敌人的目标，而且保护你也是光瑠的指示。”

“那么，下次被绑架的人有可能是我？”

“那种危险性是存在的。”

哲也的话让辉美感到背后一凉。“凶手已经知道我能演奏光乐了吗？”

“这可不好说。不过现在或许就有间谍潜伏在我们中间，就像大津圣子那样。”

“啊，那个人……”

一想到那个女人，辉美心里就会涌起一阵苦楚，因为那会让她想起相马功一。功一有没有得知圣子是间谍？他知道了会怎么想呢？他对圣子的爱慕会发生改变吗？

“功一也被绑架了吗？”

“应该是的。绑匪应该不需要功一，只是担心他惊动别人，就顺道一起绑走了吧。”

“这样啊……”希望他平安无事，辉美在心中殷切地祈祷着。

“我之所以带小辉你到这里来，”哲也说，“不仅仅是佐分利先生的指示，其实还有另一个原因。”

“什么原因？”

“这只是我的意见。我觉得你应该知道光瑠在哪里。”

“为什么？”

“如果光瑠平安无事，一定会想办法求助的。你觉得他会使用什么手段呢？我觉得一定是光。他应该会用光来向我们传达信息。这样一来，这边就必须有一个能够读懂那些信息的人，所以我们需要你。”

“我根本不会读那种东西啊。”辉美攥住膝盖，用力摇头。

“不，你可以的。你一定行。要相信自己。”

哲也不容置疑的话刚说完，就传来了敲门声。那个身穿黑色西装的女人探进头来。

“时装店的人到了。辉美小姐，请你挑选喜欢的衣服吧。”

# 28

炫目的光把他唤醒了。他皱着眉试图坐起身来，后脑勺突然一阵剧痛，让他全身失去了力气。他忍不住呻吟一声。

“别勉强自己。”旁边有个声音说。

相马功一转头看过去，发现光瑠正背靠墙壁坐在床上。功一心想，啊，原来这里是医院啊。但他马上又感到了异样，同时记忆涌了出来。光瑠被神秘人物绑架，他尾随来到了一座山中的建筑。后来，他被那帮人发现，后脑遭到击打，失去了意识。

功一按着疼痛部位，缓缓坐起身来。他发现自己也躺在床上。“我在这里待了多久？”

“我醒过来的时候，你已经躺在那里了。”

“你醒过来的时候？”

“这个房间没有时钟，我也不知道准确时间。大概是五六个小时前吧。你睡了好久。”光瑠面露微笑。

“光瑠，出大事了。你知道自己为什么会在这里吗？”

“详细情况我不太清楚。”光瑠换上认真的表情说，“不过应该是被什么人带过来的吧？趁夜。”

“没错，我追过来了，然后被他们发现了。说起来真是丢人。”

“这里是什么地方？”

“地名我不太清楚，不过是在距离城市西北二十公里左右的地方。我想联系佐分利先生那边的，可手机在关键时刻却不能用了。”说着，他摸了摸口袋。手机已经不在那里了。

“这样啊。”光瑠抱起双臂，“爆炸事件之后只过了两天，敌人已经展开下一个行动了吗？不过攻击时要一鼓作气确实是决胜的原则。”

“光瑠，我有事想问你。”功一盘腿坐在床上，转向光瑠，“你从昨天起就说了好几次‘敌人’，还说圣子……大津圣子是敌人派来的间谍。莫非你已经发现敌人的真实身份了？那些在音乐会上制造爆炸，又把我们绑架监禁起来的人，你知道是谁吗？”

光瑠避开了功一的目光，假装看向窗外。可是窗户上装的都是磨砂玻璃，根本看不到外面的景色。“我知道敌人的存在。”光瑠平静地说。

“从什么时候开始的？”功一问。

“嗯，是从什么时候开始的呢？”光瑠耸了耸肩，“可以肯定是很久很久以前。”

“到底是谁？”功一又说，“有本事干出这种事情的敌人，黑幕后面究竟是谁？”

“黑幕？”光瑠呆呆地看着他，“你是说主谋吗？”

“是啊，那还用说嘛。”

“唔。”光瑠双手叠在脑后，歪过头说，“目前的主谋是谁我不太清楚。尽管大致能猜到，但考虑那种事情是没有意义的。在这个问题上，所谓的主谋也只是摆设罢了。”

他的话让功一有点摸不着头脑。“目前的主谋？敌人的主谋会换来换去的吗？”

“有可能。”光瑠说。

“你刚才说很久以前敌人就存在了吧。具体来讲是多久以前？”

“这个问题有点难啊。”光瑠说，“如果要回溯，真的可以回溯到很久以前。极端来讲，当这个地球上出现生命时，敌人也同时诞生了。”

“啊？”功一大张着嘴，一时间没有动弹，“那是什么意思？”

“你知道达尔文的进化论吗？”

“进化论？”光瑠突如其来的话又让功一陷入了困惑。“嗯，听是听说过。不就是那个嘛。为什么长颈鹿的脖子会这么长之类的。”

“没错。假设以前有很多长颈鹿，那时候它们的脖子还有长有短，它们以树叶为食。长颈鹿越来越多，很快树叶就不够吃了。于是开始有长颈鹿饿死。最后残存下来的，是脖子很长、能够吃到高处树叶的种群。这些残存下来的长颈鹿生下的孩子脖子也很长。这样一来，世界上就只剩下脖子很长的长颈鹿了。”

“我听说大象鼻子很长也能那样解释。”

“大多数生物都能这样解释。当然，现在也有许多学说对这个进化论提出了质疑。不过这跟我们要说的话基本没什么关系，就没必要触及了。”光瑠躺下来，枕着右臂，“通常所谓的进化，是在一段漫长得可怕的时间中发生的。比如刚才说到的长颈鹿，它们一开始的脖子长短也并没有太大差异。而那微小的差距经过几千年几万年的演变，就变成了巨大的差距。在那个进化过程中，脖子比平均值短一厘米的长颈鹿也不会去忌妒脖子长一厘米的长颈鹿。”

“别怪我心急，你刚才说的话跟我们有什么关系？”

“你先听我说嘛。在生物世界中，时时会发生突然变异。在那种时候，本应花很长时间一点点完成的进化有可能会一举完成。比如虽然多少存在差异，但脖子长度基本上差不多的长颈鹿中间，突然降生了一头脖子比平均值要长上许多的长颈鹿。你觉得这头长颈鹿会被其他长颈鹿如何对待呢？”

“它肯定会被忌妒吧。”

“是啊。”光瑠点点头，“遭到忌妒，遭到憎恨。因为对于既有的长颈鹿来说，承认那个新种类的存在，就意味着自己的灭亡。”

听到这里，功一忍不住倒吸一口气。“我知道你说的敌人是谁了。你说的是既有的种群吧。”

“其实我很讨厌这种说法，不过举个例子来说明应该更好理解吧。”光瑠又坐起身来，“我大概三岁时就意识到了自己的特殊性。一开始，我发现除了自己以外，大家对颜色都只有很粗浅的概念，这让我觉得很不可思议。慢慢地，我开始意识到大家跟我不一样，他们不具备对微妙颜色差别的识别能力。不仅仅是颜色。我还渐渐发现，一些自己能看到的东西，别人是看不到的。”

“那是什么？”

“就是光啊。”光瑠说，“所有人身上都会发出光芒。我能看见那些光芒。不仅如此，通过那些光芒，我还能轻易掌握与那个人有关的信息。”

功一想起来，光瑠曾经说过大津圣子身上散发出阴谋的光芒。“你能读懂人心？”功一略显警惕地问。

“如果别人希望我读懂。”光瑠回答，“你现在非常警觉，对吧？你不想被我读取内心的想法。那样一来，你的身体就不会发出与思考有关的光。这是一件让我很感兴趣的事。即使是普通人，其实也能控制自己身体发出的光，尽管只是无意识地。”

功一看了看自己的手，可是没看出什么花样来。“那么，它跟心灵感应不一样？”

“你说的心灵感应，应该是指精神感应吧？就算距离很远，也能读取对方的思考。而我必须看到那个人身体发出的光才行。并且如果那个人不对我敞开心扉，我就什么都看不出来。所以人们可以保护自己的隐私，能够隐藏不想被知道的事情，也无须得知自己不想知道的内容。”

“简单来说，就是跟言语一样吗？”

“一点没错。”光瑠笑了笑，“一般情况下，人们会通过言语来表达自身的意志并进行沟通。言语即声音，发自口，以耳聆听。而我只是用光来进行那种交流罢了，全身发出光芒，以眼来读取。”

“太厉害了！”功一叹了口气，缓缓摇着头，“那么，你其实是人类的突变产物。”

“不，其实也不能这么说。可是要解释这点非常困难。”说着，光瑠挠了挠头，“我一开始也以为只有自己才拥有这种能力，可是经过各种调查发现事实并非如此。首先是身体发出的光，这一事实本身已经被科学证实了。”

“啊，真的吗？”

“不仅是人类，所有生命体都会发出微量的光线。例如植物发芽时，它的发光量会增加。这被称为生物光子。”

“我倒是知道萤火虫会发光……”

“那应该可以称为身体发光系统大幅进化后的产物吧。对了，你听说过气功吗？”

“啊，我在电视上看到过。一个中国人对病人伸出手，马上就把病给治好了，是那个吧？”

“有一个团队通过科学手段观察到了那位气功师身体发出的光芒。那个团队叫作电磁材料研究所，那里的实验结果表明，普通人和气功师所具备的生物光子量都是一样的。不过气功师通过运气，似乎能够让光子量发生明显变化。运气时光增加，停止运气便减少。于是，我也去参观了气功师的现场治疗，结果跟文献上说的完全一致。那个人发出了比常人要多得多的光。”

“气功师能用那些光来给病人治病吗？”

“我觉得并不是使用光本身，而是同时发挥出来的某种能量。总之这里应该关注的是，从很久很久以前，就已经存在能够自由控制发光量的人了。”

“原来如此。我的确听说气功是中国的传统技艺。”

“下一个问题，就是人类能否看到那种光。所谓的光其实是电磁波的一种。其中波长在三百八十纳米到七百八十纳米的光被称为可见光，只要波长在这个范围内的光，应该是都能看见的。可是在光特别微小或发光时间特别短的情况下，人们无法认知到自己看到的光。生物光确实是非常微弱的光。可是只要回溯历史便可知道，能看到那种光的人确实有可能存在过。而且那并非什么特殊人种，是普通大众。其实你只要听过了，应该也会恍然大悟。”

“普通大众？”功一动用自己掌握的所有知识绞尽脑汁思考，但还是想不出来。“我搞不懂。”他说。

“那可能是因为发出光芒的人具有一定的特殊性。毕竟他们即使在历史上也是特别的。”

“他们？”

“我说的是各种宗教的祖师。我对他们发出的信息毫无兴趣，只是对那些看到过他们的人所拥有的一致印象很是关注。只要看过描绘那些人的绘画就很明显了。例如基督教艺术中，圣画里的人物通常会全身包裹在金色的光芒中。其他宗教也一样，教祖们总是包裹在光芒中。不，准确来说，应该是他们的身体会发出光芒吧。而大众管那种光芒叫作灵气。”

“啊……”

“在佛教中存在佛光这个说法，指的是佛陀和菩萨的身体放射的光芒。做佛像时，为了表现那种光，人们会在佛像身后加上金色的光环。”

“这样啊。难怪人们看到伟大的人会说他身带佛光啊。”

“这个世界各地的宗教都存在的共同点，我们应该如何考虑呢？我选择了最单纯的答案。也就是，那些教祖实际上是发出了比一般人更强的光芒，而他们的信徒们都看到了那些光芒。”

“为什么能看到呢？”

功一问了个简单的问题。光瑠打了个响指。“我关注的就是那一点。后来我仔细考虑，得出了一个假说。当时的人们对光芒非常饥渴。只要想想就能明白了，不是吗？那段时间的照明工具充其量也只有火把而已。一到晚上，世界就会被黑暗支配。哪怕是非常微弱的光芒，都会被人们当成贵重物品加以珍惜。”

“哪怕是极其微弱的光线也不想错过，这种心情使他们看到了教祖们的佛光？”

“应该是的。不过只是能看到光芒，真的会让人们把那个人当成教祖来尊崇吗？我觉得并不只是如此。”

“那你是说？”

“应该认为，那些光芒中含有吸引人心的力量。被吸引而来的人们又与教祖心意相通，这样一来，就会使信徒们更加强烈地感觉到教祖发出的光芒。”

“喂，那莫非是……”功一觉得全身的汗毛都竖了起来。

“没错。”光瑠说，“那正是光乐。”

“难道你想变成教祖吗？”

“怎么可能。”光瑠晃了晃身体，“我只是想让大家觉醒。所有人都掌握着人类下一个进化的关键，只是不知道使用方法而已。于是我决定模仿那些伟大先贤的做法。可是，用相同的方法是不行的。现代人时刻被光芒包围着，再也不会对光感到饥渴了。在这种状态下，无论如何等待，都不会出现能够感知到我所发出的光芒的人。”

“所以你才使用了光乐器吗？”

“没错。”光瑠点点头，“那是制作类似灵气或佛光的装置。使用彩色灯泡来再现我本身发出的光。我在光的信息中融入了希望大家觉醒的感情。很快，发现这个信息的年轻人开始聚集到我身边。他们正如我期待的那样，开始渴求光乐，对光乐有了强烈的欲望。于是，开始出现能够看见真正灵气的人了。”

“辉美吗……”

“她是其中之一。”光瑠说，“我认为，现在应该有很多孩子处在觉醒边缘了。不，他们很有可能已经觉醒了。”

“我……好像不行啊。”功一叹息一声，“什么都看不到，也从来没看到过。”

“你也能看到的。被光乐吸引的人，必然都会觉醒。”说着，光瑠咬着嘴唇，微微皱起了眉，“问题是该如何对待那些已经没有可能觉醒的人。我并不打算排斥那些人。可是，他们却不愿意接受我们。过去每当教祖出现时，人们都几乎抓住了进化的机会。但是，那个机会往往都被当时的掌权者摧毁了。因为那些掌权者本身是绝无可能觉醒的人。他们通过欺骗和暴力获得权力，又利用自己的权力为所欲为，那种人是不可能只是单纯地渴求光芒的。”

“可是掌权者为什么要如此抵触进化呢？莫非是对别人获得的新力量心生忌妒？”

“最根源的心理也许就是那个。他们还有更为直接的理由。如果人们都能够通过生物光子来交流，谋略就很难存在了，就像大津圣子始终没能骗过我一样。不仅如此，人们还会获得处理大量信息的能力。那样一来，权力的构造不就注定会被摧毁了吗？可见，人类的进化对他们来说是非常头疼的事情。”

“好像也能对应上当下的日本啊……”

“无论哪个国家，无论哪个时代，都能对应。”光瑠断言道，“我刚才所说的，他们自己也很明白。掌权者中间也存在着传说，他们对人民新力量的觉醒表现得异常神经质。他们极度恐惧领袖的诞生。”

“可是你却出现了。所以这个国家的掌权者才要想尽办法除掉你吗……”

“除掉我，使光乐变成盛行一时的潮流——这就是他们的目的。这种事情自古以来已经重复过无数次了。”

“怎么会这样……”功一低声说完，猛地抬起头，“我听那帮人提到开颅手术了。莫非他们想对你做什么吗？”

“开颅手术吗？原来如此。”光瑠点点头，“他们想查明光乐的秘密，然后杀了我，或者想夺走我的光乐能力。”

“怎么办？”功一问。

光瑠并没有回答，而是安静地闭上了眼。

# 29

两人可能已经被监禁一整天了。有人给他们送来了第四次饭菜。每次用餐的间隔很有规律。只是他们身边没有计时装置，嵌着磨砂玻璃的窗户又被固定，无法确认太阳的位置，所谓的很有规律充其量只是功一的感觉罢了。

负责给他们送饭的是把光瑠带到这里来的那两个人。其中一个是瘦削的高个子，另一个个子不高，体格却很健壮。矮个子男人推着手推车走进来，把两个装着三明治和咖啡的金属托盘放到角落的小桌上。高个子男人一直抱着手臂站在门口。

“早饭。”矮个子说完，推着手推车准备转身出去。

“你要把我们关到什么时候？”功一对男人的背影说。

男人停下脚步，缓缓转过身来。“等我们把事情办完。”一个低沉的声音回答他。

“你们的事什么时候能办完？”

“不知道。就算知道，也不会告诉你们。”男人跟高个子对视一眼，露出诡异的微笑，又推起了手推车。在离开前，他又转身看了两人一眼，补充道：“不用担心，你们两个都能活着回去。”

门被关上，外面响起了上锁的声音。功一听到了两个男人的笑声。

“混蛋！”功一右手握拳砸向左手掌心，“我们得想办法离开这里。”

“想想那个也不错，但还是先吃饭吧。我肚子饿了。”

听到光瑠毫无紧张感的语气，功一忍不住苦笑起来。“你真是太厉害了，这种时候还能有食欲。”功一把男人放下的托盘拿到光瑠床边。

“好像很好吃啊。”说着，光瑠咬了一口三明治，“嗯。能在这种地方吃到这样的东西确实不错。芥末的调味也恰到好处。”

功一看着他，自己也小心翼翼地吃了一口。味道确实不错。他专心吃了一会儿东西，但还是无法一直沉默下去。

“喂，光瑠。你到底打算怎么办？”

“我打算怎么办？”光瑠啜饮一口咖啡，问道。

“逃离这里啊。看你这么淡定，一定是有想法了吧。”

光瑠把餐巾纸撕开，用其中一半擦了擦嘴，干脆地说：“没有。”

“怎么会……”

“听好了，功一。你觉得我们为什么没被绑住手脚？那是因为这里不是轻易就能逃脱的地方。窗户是固定的无法打开，就算能打开，我们也不可能从那里逃出去。这里恐怕在三层楼以上吧。从门口逃走更不可能，因为外面有两个人看守呢。”

“那你的意思是要我们放弃挣扎吗？”功一难以置信地看着光瑠。

“那样应该更好吧。而且你看，我的脚还是这个样子。”光瑠指着自己裹着绷带的脚说。

“可是再这样下去，你就会被带去做开颅手术了。那样真的好吗？”

光瑠轻叹一声，露出微笑。“刚才那个人不是说会让我们活着回去嘛。我们还是相信他吧。”

“可是你一旦做了手术，可能就无法演奏光乐了。”

“不是可能，应该是一定。”

“你能接受那种事吗？”功一握紧拳头，“你不是要让大家觉醒吗？不是要成为人类进化的先锋吗？”

光瑠直直地看着功一的脸，随后平静地说：“我的任务已经完成了。剩下的事情，辉美和其他光乐家会替我完成。没问题。只要交给他们就不会有问题的。人类一定能打开下一扇进化的大门。敌人可能认为只要封锁我一个人的能力就好，但事态已经远远超出了他们的想象。大坝已经崩溃了。”

“光瑠……”

“所谓进化就是这样。它不可能由单一个体来完成。只要有一个群体，进行接力就好了。为此，我才会在把光乐公之于世前，就召集了超过两百名同伴。”

“这我知道。我知道你做什么事情都是心里有数的。可我还是接受不了。”

“个人的感情是微不足道的。”光瑠无力地说完，又像突然醒悟了什么一般摇了摇头。

“我不管什么微不足道，不能接受就是不能接受。”功一站了起来，像被困的熊一样来回晃悠，又突然站住，指着光瑠，“我无论如何都要把你弄出去，绝对不会让他们做开颅手术。我们还需要你的力量。不仅如此，我们都喜欢你啊。怎么能丢下你不管呢？”说完，他跪在光瑠面前，“拜托了，想个好办法。你一定能想出来的，对吧？快想想逃离这里的办法，无论多么危险我都愿意去做。”

光瑠感伤地看着功一，随后抱起双臂，看向天花板。“关于上电视那件事。”光瑠突然说。

“啊？”

“你还记得我们到电视台出演的原定计划吗？好像是今天吧。”

“啊,这个……”突然被问到,功一脑子有点混乱。他想掏记事本，但连那个都被收走了，口袋里只剩下一支圆珠笔。不过光瑠的日程他不看记事本也能想起来。“没错，确实是今天。今天傍晚六点有电视直播。”

“佐分利先生会怎么处理呢？”

“什么怎么处理？当然是取消吧。喂，现在可不是想那种事情的时候啊。”

光瑠并不回答，而是指了指功一的衣服。“你身上有圆珠笔吧。能借给我吗？”

“啊？哦，可以啊，你到底要干什么？”

光瑠展开铺在三明治底下的餐巾纸，用圆珠笔在上面写了起来。他写下了满满当当的字母和数字，排列似乎毫无规律。写完以后，他把餐巾纸递给了功一。“想办法把这个交给辉美。”

“给辉美？”

“她能够解读的。因为这是光乐的乐谱。”

“哦……”功一看了一眼餐巾纸上的文字，一点都摸不着头脑。

“首先，那上面注明了这里的位置。”光瑠说。

“位置？你知道这是哪里吗？”

“不是你告诉我的嘛。”

“我只说距离城市西北二十公里而已啊。”

“你说那句话的时候，脑子里想起了来这里的路。我是从你身上发出的生物光子中读取到的。”光瑠若无其事地说。

功一耸了耸肩。“还写了什么？”

“刚才跟你说的那些话啊。不过用言语是无法说明本质的，所以我才写成了乐谱。”

“唔……那我要怎么转达给辉美？”

“你从这里逃出去，直接交给她是最好的。用电话、传真、电脑等通信方式告诉她则次好。交由第三方转交再次之。”

听到这里，功一闷哼一声。“都很难啊。”

“所以做不到也无所谓。也没什么损失。”

“不，我绝对会交给她的。问题是那两个看守。”功一用拇指指着入口的大门，“他们看起来都挺厉害。”

“现在还不行。再等一会儿吧。机会一定会到来的。”

“你好像很有信心啊。”功一说。

“只要思考他们的目的，就很简单了。他们的目标是我。过不了多久，他们应该会来把我带走。到时候，那两人之一有可能会跟我离开。那样一来，这里的看守就只剩下一个人了。”

“希望是小个子留下来。”功一不小心说出了真心话。

“哪个留下都一样。你肯定不费吹灰之力就能打倒对手。”光瑠拿起了旁边的台灯。

# 30

机会迟迟没有造访。窗外的阳光越变越强时，那两个人又走了进来，只说了一句“午饭”，把两人份的菜肉烩饭放下就走了。饭明显是冷冻品加热的。送饭的还是那个小个子，高个子则跟早上一样，站在入口目光锐利地盯着他们。

“我就在等这个。”两人离开后，光瑠开始动手了。功一不安地看着他。

“能有用吗？”

“刚才不是说没用也没关系吗？”光瑠一边娴熟地操作一边说，“好，完成了。这样就好。”

“他们什么时候还会再来呢？”功一只吃掉半份菜肉烩饭，便开始烦躁起来，“要是想干什么，那就赶紧来啊。”

“你别急，很快就来了。因为我刚才听到了停车的声音，从声音推测应该是3000cc的轿车。好像是客人。”

正如光瑠所说，不久房门开了。这回，那两个人推了一张带脚轮的床进来。小个子男人走到光瑠面前，手上拿着注射器。

“胳膊伸出来。”男人说。

“住手！”功一大叫一声。高个子瞪了他一眼。

知道抵抗毫无用处，光瑠老实地伸出了左臂。小个子男人把注射器扎了进去。光瑠稍微皱了皱眉，很快就失去了意识。

小个子男人把光瑠放到床上，对高个子男人说了一声“好了”。高个子男人点一下头，开始推动病床。

小个子男人看了一眼桌子，发现菜肉烩饭还剩下一半，顿时变了脸色。“你不吃我就拿走了。”

“等等。我马上全都吃掉。”

功一拿起盘子，用勺子扒拉起来。高个子推床的声音渐渐远去。小个子百无聊赖地看着室内。他好像没发现台灯不见了。

“好了，谢谢款待。”功一把盘子放到托盘上。男人一脸厌烦地双手拿起两个托盘。功一弯下身子，拾起落在地上的电线插头。

“嗯，这是什么？”男人低声说话的同时，功一把插头插进了插座里。

男人立刻发出不知是呻吟还是惨叫的声音，健壮的身体猛地后退，拿着两个托盘倒在了地上。

功一拔出插头。只见那条电线中间分成两股，分别连接在两个托盘上。

“如果是心脏较弱的男人，可能就这么死了。但看他们的体格，应该只会晕厥过去吧。”这是光瑠忙碌时说的话，而事实证明没错。

功一用床单捆住男人的手脚，再把嘴巴堵上，紧接着从门缝里窥视外面的情况。走廊上一个人都没有。他静悄悄地溜出房间，轻手轻脚地关上门。随后又用从男人身上找到的钥匙把门锁上了。功一无声地沿着走廊前进。两侧排列着不少门，但他一点都搞不清楚那些都是什么房间。他甚至不知道这座建筑到底是干什么的。看起来不太像普通的医院。莫非是什么研究所吗?

来到一段楼梯前，功一四下张望，这里依旧没有人。好，就这样逃出去吧——他心想。

就在他准备再下一段楼梯时,楼下传来了说话声。他看了看周围。不远处有一间厕所。

他走进去打开窗户。这里好像是二楼。下面是草坪。他判断就算落地失败，顶多也只会扭到脚而已。他抓紧窗框吊在建筑外侧，随后放开了手。因为落地时成功卸去了冲击力，他连脚都没扭伤。

周围种满了栎树，他在树林里奔走。尽管弄不清方向，但他认为只要一直向前跑，总会找到围墙。前方出现了铁丝网围墙。他借着奔跑的惯性跳了上去。还差一点就能逃脱了。爬过铁丝网跳下来，可能因为心情放松了一些，这次他着地失败了。右脚一阵剧痛。他皱着眉蹲了下来。现在没时间管这些了。

必须站起来，必须站起来逃出去——就在他咬紧牙关的瞬间，头上传来一个声音。“要我拉你一把吗？”

低沉而充满恶意的语调。功一缓缓抬起头。那个高个子正抱着手臂站在旁边，身后还跟着三个男人。

高个子从上衣内袋里掏出对讲机。“抓到了。马上带过去。”他松开对讲键，看着功一微微一笑。

“我们一直通过这个联络。如果没有回应，那就是出事了。真遗憾啊。”

看来那个小个子身上也有对讲机。

# 31

功一被带进的并不是之前的房间。高个子敲了敲门，里面传来一个语气粗鲁的声音："进来。"

这是一个被白色墙壁包围的房间。没有窗户，最深处挂着像舞台幕布一样的白色窗帘。几张沙发面对窗帘摆放着，从功一的位置只能看到靠背。

沙发旁站着一个女人。他过了好一会儿才发现那是大津圣子，因为那个女人无论是服装还是妆容，甚至表情，都跟他认识的大津圣子不一样。她与他对上目光，咬着嘴唇低下了头。

功一想跑到女人身边，眼角余光却瞥到了一个动作。一个男人从沙发上站了起来。

"真巧啊。"男人说。

功一看着男人，一瞬间屏住了呼吸，全身的汗毛都竖了起来。"老爸……"他低声道。

大津圣子瞪大了眼睛，看向男人。"老爸？莫非……"

男人含着笑，似乎在欣赏女人的反应。他来回看了看两名青年男女。“他是我儿子。好久不见啦，功一。”

功一一时说不出话来。漆黑的云雾遮蔽了他的心，憎恶伴随着脑中渐渐接近的鼓声不断膨胀。他父亲名叫相马忠弘，正是现在站在眼前的这个人。他曾经无比憎恨自己体内流淌着跟这个人一样的血液。“怎么回事？”他终于开口道。声音有如呻吟。

“什么怎么回事？”

“是你让圣子……让圣子当间谍的吗？”功一盯着她说。

她摇着头。“我不知道你们是父子啊。”

男人低声笑了。“我身为父亲最了解你了，也知道你的弱点，知道该给你什么样的女人，所以我才让这个女人到你那儿去了。真要说的话，也算是遵守原则了。”

“少胡说。你到底了解我什么！”

“我什么都知道。”

“胡说八道！”

“没有胡说八道啊。事实证明了一切。你对我派去的女人死心塌地，正如我期待的那样泄露了各种情报。你讨厌我，蔑视我的工作，但你也只是我掌中的一个小丑罢了。”

“少啰唆！”功一冲父亲扑了过去，却被高个子抓住了。两条手臂从背后将他制住，令他动弹不得。

“你看，”相马忠弘说，“你总是嘴上逞能，连碰都碰不到对手。不，不仅是你，你们全都是那种半吊子的人。什么灵气，什么光乐。笑死人了。”

既然知道灵气这个词，想必他已经听到了功一和光瑠的对话。房间里一定安装了窃听器。“你就是这次的主谋吗？”功一问。

“我被给予了很大权限，不过并非主谋，也不是光瑠所说的充当摆设的主谋。听好了，功一，我告诉你一件好事。这个世界上存在着各种力量。世界就是在这些力量的制衡下运行的。这些力量也存在上层。那是你们的小脑袋瓜绝对无法想象的巨大力量。”

“你就是不想破坏那种制衡，才盯上了光瑠吧？”

“白河光瑠只是一个因素罢了。我们非常清楚光乐。早在你们出生以前就比你们清楚得多。光瑠不是也说了吗？这种事情早就重复过无数次了。”

“但这次你们无法阻止了。你不是听了光瑠说的话吗？大坝已经被打开了一个洞。”

“当然要阻止。那只是一个蚂蚁洞罢了。”

这时一个男人走了进来。“客人来了。”

“带他们过来。”相马忠弘下完命令，再次看向儿子。“话说完了。我们多少年没说过这么多话了？”

“我早就不想看到你的脸了。”

“总有一天你也会明白的。等到那个时候，一定能笑着说起今天的事。所以你就期待那一天的到来吧。”说完，相马忠弘对高个子说：“把他带走。”

“等等。”功一依旧被男人控制着身体，“让我跟那个女人说说话。只有我跟圣子两个人。”

大津圣子——木津玲子露出惊讶的神情。

“她叫玲子。”相马忠弘更正完，露出苦笑，“那种女人你还是忘了吧。这次是个很好的教训，不是吗？”

“让我跟她说话。”功一重复道。

相马忠弘想了想，对玲子点点头。“跟过去。”他又对高个子说：“把他们两个盯紧了。”

功一被拽出了房间。玲子也跟了出去。

“放开我。”功一甩开高个子的手，向玲子走过去。她脸上露出怯意。功一抬起右手，作势要扇她耳光。她闭起眼睛。高个子在他身后绷紧了身体。

功一又把手放了下来，随后抓起玲子的手。她睁开眼，脸上满是惊讶。

“你也是有尊严的吧。”功一说完，放开了她的手。随后他转过身，对高个子说：“好了，带我走吧。”

高个子一把抓住他的手臂，再次沿着走廊走了起来。功一被拽着往前走，还不忘回了一次头。玲子依旧在盯着他。

光瑠，我选择了相信你，功一在心中低语。我决定相信你的那句话——她现在也还爱着我。

# 32

走进化妆室后，木津玲子才松开了紧握的手。手心有一团叠得小小的纸片，是刚才相马功一抓住她手时递过来的。玲子展开纸片看了一眼。上面写满了数字和记号，但不知道是什么意思。不过，那一定是对功一他们来说非常重要的东西。

我该怎么办呢?

他是让我把纸条带给佐分利他们吗？玲子心想，她绝对不可能办到那种事。因为他们现在应该已经发现自己是间谍了。如果跑到那里去，不知道会遭到什么样的报复。而且，她又想，现在帮功一又有什么用呢?

他应该非常恨我吧。这也不怪他。那是理所当然的。哪有人被骗了不会生气呢？可是——

“你也是有尊严的吧。”

她始终忘不了功一说那句话时的眼神。那眼神是真挚的。玲子感到，其中似乎还隐藏了另一层意思。

我相信你的尊严——他是不是想这样说呢?

玲子摇摇头。不能这样。她绝不可能把这个送过去。她走出化妆室，准备回到刚才的房间。

一个年轻女人与她擦身而过，手上拿着几份文件。一个男人追了过来。

“等等。”男人说，“顺便把这个也传真过去吧。”

“明白了。”年轻女人点点头，接过文件又走了起来。

传真……吗？

玲子下意识地改变方向，跟在了那个女人身后。很快，那个女人停下脚步，准备打开旁边的门。她们对上了目光。

“那个……”玲子说，“我有点东西想传真一下。”女人露出略显惊讶的表情。玲子继续道：“我是相马先生的属下。”

年轻女人似乎相信了她，脸上堆起了做作的笑容，说了声“请”，把她让进了房间。

# 33

“到底怎么样了？”佐分利对着手机发出怒吼，声音响彻了整个电视台演播室。他的烦躁似乎随着时间的流逝在不断积累。“都已经过了这么久，为什么连一点线索都没有！”佐分利用力挠了挠头，看着坐在对面的辉美苦笑起来。“在女士面前失态真是太不好意思了。”

“还没找到光瑠的去向吗？”辉美问。

“没什么，很快就能找到了。我们花费了这么多人力物力，一定能找到线索的。总之你现在只需要考虑表演的事情就好。”

“佐分利先生，关于那件事，”辉美扭扭捏捏地说，“那个，在电视上演奏光乐，对我来说还是太难了。”

“事到如今你在说什么呢。放心吧，你一定能行的。彩排不是很顺利嘛。喂，哲也。”

“是。”宇野哲也走了过来。

“让辉美小姐打起精神来。她好像又有点害怕了。”

“因为真的是太难了嘛。”辉美快要哭出来了，“我一直抖得停不下来。”

“据说无论多么著名的歌手，刚出道的时候也会两腿发颤哦。”哲也温柔地说，“那是理所当然的，没必要这么在意。”

“可是……”

就在辉美两眼含泪的时候，远处传来一声大喊。

“佐分利先生！”

“干什么，吵吵嚷嚷的。”佐分利骂了一声，“这样会打扰到电视台的人。”

一名年轻男子跑过来，依旧高声喊道：“办公室收到了奇怪的传真。我不是很清楚，可这不是光乐的乐谱吗？”

“什么？”佐分利抢过他手上的纸，看了一眼后交给辉美。“你看呢？”

辉美看着那张纸。上面写的正是乐谱。“绝对没错。”她回答，“而且还是光瑠的字迹。”

“很好，太棒了！”佐分利用力点点头，“你知道上面写了什么吗？”

“我觉得只要演奏出来就知道了。”

“喂，你还在磨蹭什么？赶紧把乐器拿过来。”

“乐器就在那里。”哲也指着为电视演出准备的光乐器。

辉美被众人推到光乐器前，试着演奏了传真过来的乐谱。凝视着那些光芒，辉美脑中渐渐接收到光瑠的各种意志。

“光瑠……在求救。”

“他在哪里？”

“西北方向，沿着国道一直走……”

哲也迅速记下她描述的位置。

“很好，把部队派出去。”佐分利说，“哲也，召集蒙面破坏神的所有成员，让他们武装起来。”

“是。”哲也回答道。

# 34

在麦当劳点两个汉堡带走的时候，女店员看了一眼志野政史的脸，微微皱起了眉头。在接过餐点费用时，她也明显在避免碰到他的手。

走出店铺，政史坐在附近公园的一张长椅上嚼起了汉堡。尽管他知道净吃这种东西对身体不好，但手上的钱毕竟已经不多了。他心想，自己离开家已经多少天了呢？两天还是三天？可能是四天了。他对时间的感觉已经十分混乱。

吃完汉堡，他走进了公园的厕所。看了一眼裂开两半的镜子，只见他灰色的皮肤上点缀着稀疏而缺乏打理的胡茬，头发被油污粘成一团，已经成了一张典型的流浪汉的脸。政史不由得对着镜中的自己露出空虚的笑容。变成这个样子，难怪会被麦当劳的店员讨厌啊。他洗了把脸走出厕所。

周围已经黑了下来，公园里一个人都没有。

政史摇摇晃晃地走了起来，可是并不知道该到哪里去。至于为什么离开家，他也没有一个确切的理由。若一定要说，应该是在逃避对母亲的回忆吧。

政史眼前至今仍能够鲜明地浮现出母亲被炸死的场景。他暗想，那个光景恐怕一辈子都不会磨灭。政史完全无法理解，为什么母亲会那样死去。正如警方所质疑的那般，母亲根本不可能有途径得到那种爆炸物。就算出于偶然得到了，她也不是那种使用爆炸物伤害别人的人，这一点政史是最清楚的。他推断，母亲应该是被别人利用了。可是利用她的人究竟是谁，他毫无头绪。唯一清楚的是，那个人利用了母亲想让他远离光乐的心情，仅此而已。

这对政史来说是最为痛苦的事实。确实，以前的自己可以说陷入了异常。母亲会千方百计想去解救他是理所当然的。可是自从他理解了光乐的真正意义之后，心情已经彻底平复下来了。母亲也感觉到他的变化，看上去安心了不少。

如果自己再早点觉醒，妈妈就不会死了。他脑中不断重复着这个再怎么悔恨也无法对现状做出任何改变的想法。

不知何时，他已经来到了市中心的繁华地带。刚从公司和学校出来的人都在附近寻找着乐趣。看着这幅光景，政史不禁想，世界还没有任何改变啊。可是他知道，那个改变正在一点一点发生。他很想看光乐。光瑠现在怎么样了呢？最近都没怎么看报纸和电视。他根本不知道世界变成了什么样子。

电器店门前站着几个年轻男女，好像在看电视。那是什么好看的节目吗？政史也把目光转向了画面。紧接着，他忍不住叫了一声。

画面上映着的是小冢辉美。辉美正站在光乐器前。

“身为光乐第一人的白河光瑠先生因为此前的事件，尚未恢复到能够演奏的状态。今天，我们请到了白河先生推荐的小冢辉美小姐前来演奏。小冢小姐，今天您准备演奏什么曲子呢？”主持人问辉美。

“今天我要演奏的……”辉美说着，舔了舔嘴唇，从表情就能看出她非常紧张，“今天的曲目是白河光瑠先生带给大家的信息。各位，呃，请用心读取。”说完，她对着镜头鞠了一躬。

“原来如此，那真是太让人期待了。那么，请您开始演奏吧。”

在主持人的引导下，辉美走到了乐器后面。她做了个深呼吸，与此同时，整个演播室暗了下来。演奏开始了。为这次演奏而制作的新光乐器的十二个灯球发出光芒，由电子音组成的音乐也开始缓缓流淌。

太棒了！政史心想。跟雨后春笋般冒出来的冒牌光乐家不一样，她完美地操纵了光芒，甚至能让人以为那是光瑠在演奏。

等他回过神来，发现周围聚集的人越来越多，看上去都是不到二十岁的年轻人。他们都屏息静气，出神地看着电视画面。没有一个人说话。政史也把目光转回屏幕上，决定静心欣赏辉美的演奏。

可是没过多久，他感到了胸中的悸动。因为他注意到画面发出的光芒里包含着信息。正如辉美所说，那是来自光瑠的信息。

大家快觉醒吧，这是信息的主要内容。发现自己的力量，褪去陈腐的外壳。

可是在那中间，还混入了奇怪的信息：光瑠很危险。他被人关起来了。那些人要夺走他演奏光乐的能力。我们必须尽快去解救他，否则一切都要晚了。

不好了，政史心想。必须想办法。政史离开了电器店门口。可是，他到底能做什么呢？他茫然地走着。总之得赶过去。光瑠在等我们。他走到最近的车站，站到自动售票机前的队尾。他知道自己该去哪里。要问他是怎么知道的，他也不知如何回答，但看着辉美的演奏，目的地自然而然地浮现在了脑海里。政史如今已经知道，那是光乐的力量。

自动售票机前站着很多人。政史感到有点不可思议，便四下张望了一番。

购买车票的全都是年轻人。大家脸上都是一样坚定的表情。随后政史又发现，他们买的车票全都去往同一个地方，正和他一样。

# 35

演奏结束回到休息室后，辉美倒在了长椅上，意识突然模糊起来。旁边有人叫她，但声音仿佛遥远得听不清楚。待她回过神来，发现自己躺在长椅上，身上还盖着一条毛毯。她听到佐分利在走廊上跟什么人说话。对方好像是电视台的人。

佐分利走进来，看到她醒了，表情马上柔和下来。

“我睡了多久？”

“也就十分钟左右。你最好再休息一会儿。第一次上电视一定很紧张吧。更何况你的演奏好像把所有精力都用上了。”

“我的演奏很差劲吧？”

“怎么可能。”佐分利用力摇摇头，“简直是完美！可是很遗憾，我不能像你们那样读取光的信息。尽管如此，我还是感动了。真是太棒了！据说电视台也很快接到了夸奖的电话。”

“是吗？真是太好了……”她长出一口气，重新看向佐分利，“呃，光瑠怎么样了？还没找到吗？”

“你不用担心。哲也他们已经出动了。现在地点已经知道了，一定很快就能把他救出来。你只要安心等着就好。”佐分利充满自信地说。

这时，旁边响起了敲门声。佐分利站起来把门打开。下一个瞬间，辉美发现他的表情僵住了。

“会长……”佐分利说，“您怎么来了？”

会长？辉美撑起了身子。

走进休息室的是一位身穿和服的老人。他头发雪白，鼻子底下的胡须也白花花的，个子虽小，但姿态十分端正。

“我想跟这位小姐单独谈谈。”老人说。

佐分利犹豫片刻，点点头走了出去。

确认房门关上后，老人看向辉美，微笑了一下。“你好。”

“您好。”她应了一声，“那个，老爷爷您是……哪位啊？”

“唔。”老人点点头，坐在辉美对面的椅子上，“我姓鸟居。你直接叫我老爷爷就好。”

辉美意识到，这有可能是佐分利那个组织的最高领袖。

“我看了你的光乐。非常好，实在是太好了。”老人边说边点头。

“谢谢您。”

辉美低下头，心想这位老人到底找她有什么事呢？紧接着，她就听到老人说：“有了你的光乐，一定能让许多人觉醒吧。”

辉美吃惊地看向老人。他脸上依旧带着微笑。

“你会感到不可思议也不奇怪。不过只要看了这个，你的疑问或许就能解开了。”

老人话音未落，身体就开始了变化。他全身都散发出了金色的光芒。辉美瞪大了眼睛。与此同时，她也读取了光芒中的信息。然后，她理解了。

老人也具有操纵光芒的能力，早在光瑠出生好几十年前就有了。受到时代和环境的限制，他既无法像光瑠那样制作光乐器，也无法召集到同伴，于是专注于读取别人身上发出的光。其结果便是事业成功，拥有了好几家公司。他从未对任何人说起自己的能力。因为他知道，一旦被掌权者盯上，不是被利用就是被除掉。

尽管如此，在得到一定地位后，他又开始希望与同伴交流。他始终相信，世界上一定存在着拥有这种能力的同伴，他们也跟自己一样，低调地生活着。

不久，他涉足以影视图像为中心的信息产业。理所当然地，他制作的广告获得了惊人成果，因为他掌握着用光来刺激人心的能力。可是老人真正的目的不是赚钱。他在旗下公司所制作的几个影视图像中融入了光的信息。其内容是这样的：你能听到我的声音吗？请你联系我。

他相信，他的同胞一定能读取到。可是过了许多年，都没有同胞在他面前现身。他感到自己这具身体所剩的时间已经不多了，渐渐焦躁起来。

某天，老人想到用一个截然不同的方法来寻找同胞，那就是把尽量多的孩子解放到黑暗中。现在的孩子们身边充满了过剩的光芒。这样一来，就算他们拥有能力，本人也有可能无法察觉。于是，他开始向众多少男少女释放夜晚的黑暗，那就是蒙面破坏神，即在全国范围内出现的新人类暴走族。他相信，只要在黑暗中解放精神，他们中一定有人会察觉到自己体内隐藏的力量。可是，仅仅如此当然是不够的，还需要诱发他们觉醒。老人对新人类使用的摩托车头灯进行了特殊改造。这样一来，他们所发出来的光也全都会变成信息。那个信息很短，只有“觉醒吧”这一句话。

可是，事情并没有像老人预期的那样发展。新人类发送着信息，却没能依靠自己的力量觉醒，反倒有人从别的地方获取到了他们的信息。那就是白河光瑠。

鸟居命令佐分利把光瑠带了过来，两人私下交谈。光瑠无疑就是他的同胞，而且是力量强大的同胞。与此同时他又得知，光瑠早已知道了老人的存在。他已经发现了老人通过各种影视图像不断发出的信息，并且也早已预料到佐分利会来接近自己。

“原来是这样啊。难怪佐分利先生会那么护着光瑠。”辉美说道。

“佐分利根本不知道我的能力。他只是奉命行事罢了。毕竟做这种事能赚钱，想必他本人也很拼命。”说着，老人哈哈笑了起来，露出整齐的牙齿。

“光瑠不会有问题吧？”辉美说出了她现在最关心的事。

“不会有问题的。”老人用力点点头，“你刚才的演奏一定能拯救那个孩子。”

“希望是真的。”

“不用担心。好啦，”鸟居老人缓缓站起身来，“要不要到我家来坐坐？我们两个拥有相同力量的同胞，一边喝茶一边等待光瑠回归吧。”

# 36

宇野哲也带着四十八个同伴，骑着摩托车一路北上。他们已经很久没以蒙面破坏神的身份驰骋了。黑色战斗服，黑色头盔，跟过去一样的装束，而且跟过去一样，他们也装备了爆炸物。

“我们破坏一切，不需要任何理由。因为想破坏，所以我们行动。”哲也心想，过去他们也曾有过高喊那种口号的时光啊。我们都在寻求着什么，都在渴望能渗透到自己内心深处的某种东西。

回应了他们那种心情的正是光瑠。这个世界好像有点异常，某些地方有点异常，可是到底是什么地方出现了什么异常，到底该怎么做才能改变现状——光瑠拥有这些疑问的答案，并且想方设法地要将那些答案传达给尚未完全成人的青年。所以，他们才会尽一切努力去接受他发出的信号。

而光瑠目前陷入了危险。他被人监禁起来了。哲也能够模糊地察觉到敌人的真实身份。这个世界上存在着一些要将世界扭曲变形的人，一定是那帮人把光瑠视为了眼中钉，因为光瑠拥有让世界恢复正常的力量。

必须把他救出来，哲也想。一定要把光瑠救出来。

可是，他又扪心自问。全副武装驾驶摩托车飞驰这种做法，到底是不是正确的呢？这样一来，不就跟那帮人一样了吗？

当他做出“准备好爆炸物”的指示时，现在在他身后飞驰的同伴们其实也表现出了瞬间的踌躇。还有同伴说，我们一定要带那个过去吗？

“为了把光瑠救出来，我们必须战斗啊。”因为哲也这句话，最后全体成员还是装备了爆炸物，但连他自己都觉得心里有点不舒服。

目的地越来越近了。直到此时，哲也才发现周围有点异样。明明是晚上，又并非闹市区，这里却有许多人在路旁走。再仔细一看，好像都是不到二十岁的年轻人。哲也对同伴打了个信号，队伍停了下来。

“喂，这是怎么回事？前面有什么东西吗？”其中一个同伴问道。

“不知道。前面应该什么都没有。”回答问题的人也满腹疑惑。

那些年轻人看到哲也等人，没有露出丝毫怯意，一言不发地继续向前走着，脸上的表情都非常严肃。

“好了，别管他们，我们继续前进吧。”哲也等人再次发动了摩托车。

可是越往前走，年轻人的数量就越多。道路变窄后，他们甚至走到了机动车道上，使得摩托车的前进变得越来越困难。“这到底是怎么回事？”哲也等人都愣住了。

就在这时，一个人抓住了他的手臂。他吃惊地看向对方，只见一个满脸脏污的年轻人对他笑了起来。再仔细一看，竟是志野政史。

“政史，你怎么在这里？”

“还用问吗，应该是跟你们到这里来的理由一样。”

“跟我们一样？”

“不过，”政史说，“我不会携带武器。只有旧阶层的人才会使用那种东西。”

“旧阶层……”哲也凝视着政史的双眼。政史微微点了一下头。就在那个瞬间，哲也仿佛明白了一切。他也点了点头，然后对身后的同伴们说：“在这里下车吧。我们也徒步过去。”

同伴们齐声同意了。

# 37

功一动弹不得。他们把他的手脚都捆到床上，连嘴都堵住了。他在空无一人的房间闷哼着不断挣扎，察觉有人把门打开了。他扭着身体看向门口。只见大津圣子，不，木津玲子对他竖起食指放在唇边，仿佛在叫他安静。她拿掉功一嘴里的东西，又用剪刀剪开了捆绑手脚的绳索。“快逃吧，现在应该不会有人发现。”她说。

“他们呢？”功一问。

“在做实验准备。”

“实验？”

“刚才那个房间里挂着白色窗帘，窗帘背后是实验室，可以通过玻璃门看到里面的情形。他们好像打算在那里用光瑠的身体做实验。”

“做什么实验？”

“我也不知道。可能是要调查光瑠的能力吧。”

“那里还摆着沙发吧。”

玲子点点头。“这次的主谋们应该会来参观实验。刚才不是说客人到了吗？”

“那个人找来的同伙吗？”

“那个人？”玲子问了一句，马上意识到功一说的是自己父亲，“嗯，没错。”她回答道。“不过老师好像不会过来。”

“老师？”

“真正的主谋。虽然我不知道究竟是谁。”

“是谁都无所谓。”功一说，“现在只是正好轮到那个人当老大而已。光瑠是这么说的。”

“是吗……”

“实验结束后，他们打算怎么办？”

“应该会动手术吧。我听他们说的。”

“手术？开颅手术吗？”

她点了点头。

功一咬紧嘴唇。“光瑠已经被送进实验室了吗？”

“应该还在准备室里。”

“好。”功一站了起来，“我们去救他出来。”

“没用的。那边有看守，而且光瑠脚又受伤了。”

“我不能一个人逃走。就算逃出去了也没有任何意义。”

“可是再不走你可能会被杀的。”

“我被杀了无所谓，光瑠的力量被夺走才更严重。求你了，带我到光瑠那边去。”

被功一的气势所压倒，玲子叹了口气。“知道了，跟我来吧。”

“谢谢。”说完，功一凝视着她，“圣子……不，玲子。”

“你叫我圣子就好了。”她露出寂寥的笑容。

“你身上带着剪刀吧？”

“嗯。”她掏出了锋利的剪刀。

“借给我。”

“可以啊，你要拿来干什么？”

“我有个想法。当然，那需要你的帮忙。”

功一对她说出了自己的想法。她想了一会儿，答应下来。两个人走出了房间。

功一留意着周围，跟在玲子后面。他不知道自己该不该信任她。可就算不相信，他也没有别的办法了。既然如此，他想干脆赌一把，而且他心里确实想要信任她。

两人穿过走廊，上了一半楼梯，玲子停下了脚步。“有看守。先等等。”

玲子一个人走了上去。功一躲在楼梯的阴影里窥视着上面的情形。他听到玲子在说话，还听到一个模糊的男人声音。

不一会儿，她快步走了回来。“我叫他去办事了，十分钟之内应该回不来。”

“好。”功一说着跑上了楼梯，“光瑠呢？”

“就在那个房间。”

白色双开门顶上挂着“准备室”的牌子。

“那我们过去吧。”

“好。”

“把门打开。”说着，功一右手握紧刚才借来的剪刀，另一只手搂住了她的腰。

玲子打开门，里面所有人的视线瞬间集中过来。室内站着四个身穿白衣的男人。看到人数比想象的要少，功一松了口气。

“别动。谁敢动，这女的就没命了。”功一用剪刀尖对准玲子的脖子说。

他们的动作马上停了下来。其中一个人正准备给躺在床上的光瑠刺入注射器。

光瑠抬起头看了看他们。功一顿时放心了。看来他们还没来得及打麻醉。“光瑠，能走吗？”功一问。

“只要加把劲应该可以。可是我手脚都被固定在床上了。”

“解开。”功一对旁边的男人命令道。

男人犹豫了一会儿，最后还是照办了。固定光瑠手脚的东西看起来很像皮带。恢复自由后，光瑠痛苦地皱起眉，拖着一只脚走到功一身边。

“没事吧？”

“嗯。疼痛已经麻痹了。人们应该管这个叫作放任治疗吧。”面对这样的局面，光瑠依旧能轻松地开玩笑。

让光瑠先走出去后，功一依旧用剪刀顶着玲子的脖颈，缓缓向后退去。

待两人完全离开房间后，光瑠关上了门。紧接着，他用一个东西迅速固定住两扇门的把手。仔细一看，是刚才用来固定他手脚的皮带。“回收利用。”光瑠说。

很快，房内开始传来用身体撞门的声音。他们应该发现自己被关在里面了。

“快走吧。”功一说。

可是带着一只脚受伤的光瑠，他们并不能冲出去。

好不容易走下楼梯，打开了建筑的大门，三人刚走出去，就发现外面站着好几个男人。站在最前面的是相马忠弘。

功一迅速用剪刀抵住玲子的脖子。“退下。不退下我就刺进去了。”

可是相马忠弘的表情并没有动摇。他只用一边嘴角勾起了充满恶意的笑容。“有本事你就刺下去。”

“你说什么……”

“我猜玲子是真心喜欢上了你，主动去帮你的吧。所以说年轻女人就是麻烦，虽然年轻男人也一样。”说着，相马忠弘向功一等人走了过去。

“站住。你真不怕我杀了这个女人吗？”

“我说了要杀要剐随便你。不用跟任何人客气。好了，快动手啊。”相马忠弘两手叉腰，抬了抬下巴。

功一死死盯着他。拿着剪刀的手一直颤抖个不停。可是，他很快便卸去了那只手的力气，把剪刀朝地面一扔。

相马忠弘露出了微笑。“没错没错，男人最重要是有自知之明。无论再怎么拼命，有时候不可能就是不可能。好了，玲子，快过来吧。”

玲子一动不动。相马忠弘的表情马上扭曲了。他拽着玲子的手臂喊了一声“给我过来”，紧接着抬起右手，给了她一记耳光。

“你干什么！”功一想扑过去，但两个男人抢在他前面把他按住了。

“吵吵嚷嚷的小屁孩。”相马忠弘一脸厌烦地说，“想夺取主导权，还是等你们长大了再说吧，在此之前给我老实点，我们大人干得好好的。人类就是这样构筑历史的。”

“然后，”光瑠说，“他们也试图摧毁历史。”

“什么？”

“一切生物都把保存物种作为最优先任务，为此它们还会牺牲自己。为了留下物种而进行世代更替，它们知道这是很重要的。”

“你想说什么？”

“像人类这样，”说着，光瑠摇了摇头，“如此忌讳世代更替的生物，地球上只此一家。”

“少啰唆。喂！”相马忠弘动了动下巴，立刻有几个人按住了光瑠。光瑠没有抵抗。

功一却不断挣扎，大喊着“放开我，放开我”。可是那些人力量实在太大，他完全无法挣开。到此为止了吗——就在他脑中冒出这个想法时，那个东西映入了眼帘。

远方出现了光芒，近乎金色的淡淡光芒。那光芒从建筑之间，从高墙之后，从四面八方向功一他们涌了过来。眼前这幅光景，仿佛大海啸的慢动作放映，而且是光的海啸，缓慢而坚定地吞噬着一切。

仔细一看，光芒下竟有人。而且还不止一两个人。无数孩子和青年正朝功一他们走来。不，他们朝向的目标，无疑是光瑠。

“那些人是怎么回事？是谁放进来的？为什么要放进来？快给我赶出去！你们愣着干什么！”

相马忠弘吼叫着，却没有人回应。尽管他们可能看不到光芒，但还是被年轻人们散发出来的能量所压倒，一步都难以动弹。

年轻人们缓缓提升了速度，最终奔跑起来。光之海啸的势头愈发强劲，向他们奔涌而来。

功一转向光瑠。“我看见了，光瑠。我也能看见光了。”

光瑠缓缓抬起双手。“一切将从这里开始。”

那个瞬间，他全身都被光芒包裹了。金黄色的灵气瞬间膨胀，融入了年轻人们散发的光芒中。

图书在版编目（CIP）数据

造彩虹的人／〔日〕东野圭吾著；吕灵芝译．-- 北京：北京十月文艺出版社，2017.6
ISBN 978-7-5302-1685-9

Ⅰ．①造…　Ⅱ．①东…　②吕…　Ⅲ．①长篇小说－日本－现代　Ⅳ．① I313.45

中国版本图书馆 CIP 数据核字（2017）第 082533 号

著作权合同登记号　图字：01-2017-2693



造彩虹的人
ZAO CAIHONG DE REN
〔日〕东野圭吾 著
吕灵芝 译

出　版　北京出版集团公司
　　　　北京十月文艺出版社
地　址　北京北三环中路 6 号
邮　编　100120
网　址　www.bph.com.cn
发　行　新经典发行有限公司
　　　　电话（010）68423599
经　销　新华书店
印　刷　三河市三佳印刷装订有限公司
版　次　2017 年 6 月第 1 版
　　　　2019 年 10 月第 6 次印刷
开　本　890 毫米 ×1270 毫米　1/32
印　张　7.75
字　数　180 千字
书　号　ISBN 978-7-5302-1685-9
定　价　39.50 元
质量监督电话　010-58572393
如有印装质量问题，由本社负责调换